Buch

„Meine geschriebenen Zeilen sind Zeitzeugnisse. Dinge, die unser Leben in der jetzigen Zeit bewegen und konfrontieren." Petra Kolossa

Ihre Blog.Geschichten sind lesenswert, kurzweilig und treffen den Nerv der Zeit. Es sind Momentaufnahmen aus ihrem eigenen Leben.
Kritisch, nachdenklich, geistreich und mit einer Portion Humor greift sie soziale, politische und alltägliche persönliche Themen auf und verpackt diese mit viel Empathie in ihre Texte.

Autorin

Petra Kolossa, Jahrgang 1958, ist eine vielseitige Künstlerin, Buchautorin und Bloggerin. Sie lebt und arbeitet nahe dem Bodensee, in Horgenzell. Ihre Kunstwerke sind international, wie auch in Deutschland in vielen Ausstellungen zu sehen. Ihr erstes Buch „Frag einfach!" veröffentlichte sie 2015. Seit 2014 schreibt die gebürtige Dresdnerin ihren Blog www.petra-kolossa.com.

Petra Kolossa

Blog.Geschichten

Die Sprache ist die Kleidung der Gedanken

Samuel Johnson

Petra Kolossa

Blog.Geschichten

Für Agnes

© 2020 Blog.Geschichten - Petra Kolossa –
Vona Bisz®

Covergestaltung: Holger Wagner

Foto: privat

Herstellung und Verlag: BoD – Books on Demand,
Norderstedt

ISBN: 9783751951418

Inhaltsverzeichnis

„Wann endlich wirst du die kurzen Geschichten aus deinem Blog in einem Buch zusammenführen?",
das wurde ich mehrfach gefragt.

Nun ist es soweit. Ich habe eine Auswahl getroffen und die Beiträge etwas bearbeitet.

Denn: Ein Blog ist ein Blog, ein Buch ist ein Buch. Entstanden ist ein bunter Strauß Text-Werk aus meinen zögerlichen Anfängen des Bloggens 2014 bis heute, in die ersten Monate 2020.
Meine geschriebenen Zeilen sind Zeitzeugnisse. Dinge, die unser Leben in der jetzigen Zeit bewegen und konfrontieren. Die Beiträge sind aus der Situation des Augenblicks geschrieben. Es sind Gedanken und Erlebnisse, real, satirisch, nachdenklich. Manche Dinge greife ich mit einem Augenzwinkern auf, andere kommen tief aus meinem Herzen. Mir bleibt nur, Euch ein großes Lesevergnügen mit meinen Blog.Geschichten aus
www.petra-kolossa.com
zu wünschen.
PS: Freut Euch auf Teil zwei der „Blog.Geschichten". Geplant ist er für den Februar 2021.

Im März, der fünfte im Monat

Man könnte glauben, es sei der blödeste Tag, um überhaupt mit dem Schreiben eines Blogs zu beginnen.

Kein Erster oder Letzter des Monats, oder wenigstens die goldene Mitte.

Nein, es ist einfach nur der 5. März. Ein normaler Märzanfang nach einem warmen Winter ohne Schnee und wenig Frost. Ein ungewöhnlich milder Winter, sagen die Leute.

Wenn da nicht diese 72-Stunden-Regel wäre. – Du weißt, die drei-Tage-Regel. Kennst du das?

Da kommt einem eine Idee, ganz plötzlich, so von irgendwoher und du fängst an zu überlegen: „Hm, das könnte man doch tun!" Und schon setzt die innere Maschinerie ein. Die Rädchen fangen an zu drehen, die Idee lässt einen nicht mehr los.

Ja! Und jetzt kommt DAS Wichtigste: Wenn du jetzt nicht anfängst, sofort den ersten Schritt zu tun, aber spätestens innerhalb von 72 Stunden, also in drei Tagen, dann wird in der Regel nix mehr daraus!

Also habe ich gestern diesen Blog eingerichtet. Erst einmal banal, schlicht und einfach. Heute schreibe ich die ersten Zeilen. Und ich will mich disziplinieren, meinen Blog aktuell zu halten. – Regelmäßig ein paar Zeilen für euch hinterlassen. Das ist schon ein großer Anspruch!

Ich stolpere gerade über das oder der Blog. Es heißt wohl richtig das Blog. Es passiert mir immer wieder, dass ich "der Blog" denke und dann auch "der Blog schreibe. Wenn es mir passiert, so bitte ich schon heute, mir das zu verzeihen. In meinen Ohren klingt *"der"* irgendwie sympathischer.

Hier, in meinem Blog will ich auf lockere und unterhaltsame Weise über die kleinen und großen Dinge, die den Weg meines Lebens kreuzen, erzählen, schwätzen, berichten …

Zeitmanagement? Es kommt eh anders.

Zeitmanagement ist schon etwas Geniales, rein theoretisch. Irgendwie bekomme ich das selten gebacken. Ich meine, ganz ohne Eile, ohne hundert Dinge auf dem Weg erledigen zu wollen. Das ist fast zwanghaft, zumindest bei mir.

Ich meine, ich komme schon pünktlich zum Termin, aber eben halb im Flug, was denen, die mich so erleben, mächtig auf den Keks gehen kann.

Zum Beispiel heute: Nachdem ich fix die Fenster geschlossen, die Heizung herunter gedreht, den Geschirrspüler geöffnet habe, der soeben seinen Dienst beendet hat, ach ja, der Oleander im Treppenhaus! Schnell noch gegossen, oh je die Kätz (so nenne ich liebevoll unsere Katzen) haben keine Milch mehr, die Schälchen gefüllt, Hände gewaschen - verflixt, die Seife ist gleich zu Ende. In die Küche gesaust, auf dem Einkaufszettel eine Notiz hinterlassen, zurück ins Bad geflitzt. Noch meine Hände eincremen.

Jetzt wird's aber eng! Schnell in die Stiefel und dann los! Ich nehme mir also meine Stiefel, ziehe vom linken den Reißverschluss auf und schlüpfe hinein. Ich nehme den rechten, ziehe den Reißverschluss nach unten, fahre mit meinem Fuß hinein.

Komisch. Ich habe doch gestern keine Kuschelso-
cken getragen. So kalt war es gar nicht. Manches
Mal streift sich solch eine zweite Socke beim Aus-
ziehen ab und verbleibt im Stiefel. Ich halte den
langen Schaft meines Stiefels fest und drücke meinen Fuß kräftig in den Schuh.
Was ist das?! Es bewegt sich!!
Noch niemals in meinem Leben habe ich mich so
schnell einem Schuh entledigt. Ich drehe den Stiefel um. Nein!!! Ich muss quieken.
Wer erschrockener war, die Maus, oder ich, kann
ich nicht sagen. Wir guckten uns kurz an, bis sie
sich besann und den Flur entlang rannte, um sich
im Wohnzimmer zu verkriechen.
Unglaublich! Wie hat es das Tierchen geschafft,
sich durch diese langen umgeknickten Stiefel-
schäfte bis in die Schuhspitzen zu kämpfen?
Ich behalte es mal für mich und sage es keinem
weiter, dass wir unseren Haushalt mit drei (DREI)
Katern teilen.
Benny kommt soeben durch die Katzenklappe.
"Sieh zu, dass du die Maus im Wohnzimmer fin-
dest!", weise ich ihn an und verlasse im Sturzflug
die Wohnung.
Mir soll mal einer etwas von Zeitplänen erzählen.
Ich brauche einen mit einem riesengroßen

Toleranzbereich.

Ich muss unbedingt Zeit einplanen, um darüber nachdenken zu können.

Einfach nur Suppe

Pause.

Damit es auch jeder Seminarteilnehmer bis in die letzte Ecke des Raumes begreift, werden diese fünf Buchstaben via Power Point an die weiße Wand projiziert. Träge erheben sich die Leute, die einen, um sich endlich "Eine" durch die Lungen zu ziehen, die anderen, um sich zu "stärken".

Ein Kaffee wäre gut, denke ich. Ermüdet vom Anstieren der bunt aufbereiteten Bildchen an der Wand und der monotonen Stimme noch im Ohr trabe ich aus dem Halbdunkel des Raumes den anderen hinterher, nach nebenan.

Die ersten kommen uns mit voll beladenen Tellern entgegen.

Ich schlendere zum Buffet und entdecke einen großen Topf mit Suppe. Die duftet nach Curry. Ich mag Curry.

Die schwerfällige Masse blubbt von der Kelle in die Suppentasse. Ich lege die Suppenkelle zurück und gucke zweifelnd auf diese Konsistenz. Was das wohl sein mag?

Schon werde ich angesprochen: "Ist da Tier drin?"
Ich schaue auf. "Keine Ahnung, fühlt sich aber so an, als sei welches dabei. Geflügel, nehme ich an."

Die Dame regt sich auf, dass hier nie an die Vege-
tarier gedacht würde.

Eine andere fällt gleich mit ein und beschwert sich,
was solle sie als Veganerin sagen. Da sei nichts dabei. "Doch", sage ich und zeige auf eine Schale mit
Äpfeln. Sie verdreht die Augen und geht.

Ich rühre mit dem Löffel und versuche zu erkun-
den, was ich mir da aufgetan habe, als ich wieder
angesprochen werde. "Schmeckt das süßlich?",
fragt mich ein hagerer Älterer. "Ich habe noch nicht
probiert", antworte ich langsam genervt. Da sei sicher Zucker drin, dieses Teufelszeug, ohne kriegen
die Küchen ja nix hin.

Das hört sein Nachbar und ergänzt das Gemaule:
"Auf jeden Fall Geschmacksverstärker. Das gibt
Durst. Das kann ich euch jetzt schon sagen."

Ein anderer stellt sich dazu. "Gluten, das ist ungesund. Ich habe da letzte Woche erst eine Sendung
im Fernsehen gesehen. Ich kann euch sagen, da
müsst ihr unbedingt auf die Verpackungen gucken
..."

Ich drehe mich um und verziehe mich. Endlich will
ich mich meinem Essen widmen.

Die Masse in der Tasse ist inzwischen kalt und hat
sich zu einem festen Brei entwickelt. Ich stecke
den Löffel hinein. Noch immer weiß ich nicht, was

das eigentlich ist. Und ganz heimlich fange ich an zu überlegen.

Wie viele Punkte wird das Zeugs haben? (Okay, jetzt habe ich mich geoutet ...) Keine Ahnung. Ich schaue auf die inzwischen abgenagten Brötchenplatten. Gut, die können mich nicht mehr verführen.

"Es geht weiter!", ruft eine kräftige Männerstimme in den Raum.

Befreit stelle ich die Suppentasse unbenutzt zu dem benutzten Geschirr, zapfe noch einen Kaffee und greife mir einen leckeren Apfel.

"Der ist nicht aus der Region. Importware! Die werden gespritzt wie verrückt! Wasch den lieber noch mal ab, bevor du den isst. Man weiß nie! Und überhaupt! Wie viele Kilometer diese Äpfel rumgekutscht werden, der Diesel und so. Wo wir doch im Lande selbst genug davon haben ..."

Ich schaue mich um. Nö, da ist keiner! Oh je! Wie kommt das in mein Hirn?!

Auf dem Weg zu meinem Platz gehe ich an der Veganerin vorbei. Sie kaut auf einem Eisbergsalat.

Die Kunststofffolie mit dem Produktaufkleber, die diesen umhüllte liegt vor ihr auf dem Platz. Und ich kriege langsam einen dicken Hals auf die erhobenen Finger all der physischen und virtuellen Superschlauen dieser Welt, die uns umgeben.

Wenn ich heute Nacht nach einer langen Fahrt wieder zu Hause sein werde, gönne ich mir einen leckeren Rotwein.

„Mach's nicht! Alkohol ist ungesund und macht dick!", zischt das schlechte Gewissen in mein Ohr.

Genießt das Leben!

Achtet und hört auf Eure Gefühle.

Ach ja, die Kunst und so

"Haben sie ein Kärtchen dabei?", fragt sie mich. Ich reiche ihr eins. Sie greift es vorsichtig, streicht mit zwei Fingern zart über das Bild der Vorderseite, dreht es um, lächelt und sieht mich an.

"Es ist so schön, ihr Kärtchen."
Ich fühle mich geschmeichelt. "Oh, Dankeschön. Es ist ein Ausschnitt aus einem Bild, das ich gemalt habe."
Sie schaut immer noch auf das Kärtchen in ihrer Hand. "Haben sie einen Katalog oder etwas Ähnliches, wo ich mal schauen kann? Ich würde gern mehr sehen."
"Leider nein", sage ich. "Gern können sie sich aber auf meiner Webseite einen Überblick verschaffen."
Ich nehme mein Smartphone aus der Tasche, öffne die Seite und reiche ihr das Gerät.
"Ein so herrlich warmer Maiabend!", ruft uns deren Freundin laut entgegen. Mit ihr wabert eine Wolke von Zigarettenqualm durch die geöffnete Terrassentür in den Gastraum. Sie kommt auf unseren Tisch zu und schaut neugierig über ihre Schulter auf das Smartphone.

"Wow, wie cool ist das denn! Miró.!", kreischt sie mit rauchiger Stimme.

"Ich bekam irgendwann in den Neunzigern einen Kalender mit Bildern von ihm. Jeden Monat einen Miró. Ein ganzes Jahr lang. Ich liiiiiebe Miró!"

Sie greift nach ihrem Glas und schlürft von dem Latte.

"Mach weiter!", weist sie ihre Freundin an. Diese schiebt die Bilder weiter. "Ich bin sooo begeistert!

Diese Farben! Wie die leuchten! Ich liebe diese Farben! Wo gibt es dieses Buch oder vielleicht wieder einen Kalender?", fragt sie.

"Ähm, das ist nicht Miró. Die Bilder habe ich gemalt", sage ich ganz vorsichtig.

Sie stutzt, guckt mich mit großen Augen an.

"Oh, bitte nicht falsch verstehen. Ich will damit nicht sagen, dass Sie die kopiert haben, oder so. Man hat doch sicher Vorbilder oder?"

Hilfloser Blick von ihr.

"Es ist alles gut", tröste ich sie. "Mir war das bisher nie bewusst, dass es so sein könnte. Es hat mir auch noch nie jemand gesagt und ganz ehrlich: So recht sehe ich keine Parallelen."

Sichtlich peinlich berührt quasselt sie los. "Rosina, wie heißt sie gleich? Wachtmeister? Die malt ja

auch Katzen. Ihre erste war schwarz. Bestimmt!"
Sie redet und redet.

"Ich bin bestimmt kein Kunstkenner. Aber ich liebe
Miró, Klimt und Hundertwasser ... und ich habe alles von Rosina. Auch das erste Bild. Das war eine
schwarze Katze von hinten. Bestimmt. Die hatte
kein Gesicht. Ich bin mir sicher. Und das hier, das
ist wie bei Klimt."

Sie zeigt auf eine meiner Assemblagen, die ich aus
alten Büchern fertigte. Ich sagte ihr, dass das eine
Materialassemblage ist, kein Gemälde. Sie guckt
mich an und meint: "Egal, was das ist, das ist so
ähnlich, wie bei Klimt. Und die Kreise hier, darüber
habe ich früher schon mal in Kunst geschrieben.
Ich weiß jetzt nicht genau woher ich das kenne ..."

Ich habe mich zurückgelehnt, halte mich an meinem Kaffee fest und beobachte fasziniert, wie sich
die lebhafte, hagere, kleine Frau gestikulierend erklärt.

"Und was nehmen sie dafür?", fragt sie.

"Acryl", sage ich.

"Nein! Was die Bilder kosten, meine ich."

Ich sage es ihr.

"Oh", schlüpft es aus ihrem Mund.

"Ein Schnäpperle", sage ich.

"Es sind nur etwa 0,006 % eines M

21

Häh? Low Carb?

Habt Ihr einmal versucht, dieses Wortgebilde "Low Carb" in einem Wörterbuch zu finden?

Ich habe es getan und mir vor allem gewünscht, eine sinnhafte Übersetzung zu erhalten. Nach etlichen Anläufen fand ich sie dann bei dict.cc – kohlenhydratreduziert.

Inhaltlich war mir schon klar, was damit gemeint ist. Jedoch kann ich solche Wörter nicht in meinen Sprachgebrauch aufnehmen, wenn sich diese mir nicht erschließen. Mein Hirn kann damit nix anfangen.

Eine Erklärung brachte Wikipedia und weitere Links auf Google.

Carb ist eine Abkürzung des englischen Wortes carbohydrates - Kohlenhydrate.

Kohlenhydratminimierung soll die Übersetzung von Low Carb sein.

Und jetzt frage ich mich, warum wir nicht einfach das deutsche Wort "kohlenhydratarm" verwenden? Ob in Zeitschriften, Büchern, den Regalen im Supermarkt ... überall wird uns dieses Wortgebilde "Low Carb" oktroyiert.

Ein Rezept mit der Überschrift „Low-Carb Kartoffelsalat", das ich heute las, war der Auslöser für mein heutiges Blog.

Dieses *"Low-Carb"* vor dem urdeutschen Wort
"Kartoffelsalat" macht mich ganz verrückt.
Dann las ich das Rezept und durfte feststellen, dass
in diesem keine einzige Kartoffel für den KARTOF-
FEL-Salat verwendet wird.
Wie irrwitzig ist das denn???
Die richtige Bezeichnung dieses Rezeptes wäre ein-
fach „Kohlrabi-Salat".
Somit erübrigt sich der Unfug „Low Carb" vor der
Salatbezeichnung. Wahrscheinlich ist aber diese
Bezeichnung zu unspektakulär.

PS:
Meine Zeilen sollen keine Wertigkeit über irgend-
welche Diäten darstellen.
Ob diese Low-Carb-Diät gesund ist oder nicht, kann
ich nicht beurteilen.
Meine Zeilen beziehen sich ausschließlich auf den
sprachlichen Sinn.

Zerrissen

Von mir unbemerkt stand sie neben meinem Auto.
Sie war auf einmal da.

Ein leises Lächeln, den Kopf gebettet in den hoch-
gezogenen Schultern.

In den Taschen ihrer Latzhose die Hände tief ver-
graben, schaute sie mich an.

Ich drehte den Zündschlüssel nach links und stieg
aus.

Sie sprach mich sofort an: "Was ist das für Kunst,
die du machst?"

Mit einer Kopfbewegung wies sie auf das Heck meines Autos.

"Ich habe das gelesen und ich dachte, ich frag einfach mal."

Ich sagte es ihr und ich spürte, sie war irgendwie
interessiert, jedoch mit ihren Gedanken nicht bei
meinen Worten.

Sie schwieg. Ihr Blick wanderte über den großen
Dreiseitenhof auf der gegenüberliegenden Straßen-
seite.

"Ich bin Kirchenmalerin und Restauratorin. Mache
aber schon lange nichts mehr. Als Bäuerin hast du
keine Zeit für sowas. Kannst ja davon nicht leben.
Brauchst einen Mann, der alles bezahlen kann",
sinnierte sie und versank in ihren Gedanken.

Ausdruckslos schaute sie auf ihr Bauernhaus, holte tief Luft und zeigte mit ausladender Bewegung auf die rechte Tür des Hauses.

"Das habe ich gemacht! Kunst!", kam es zynisch, "die Tür rot gestrichen!"

Sie schaute mich herausfordernd an.

"Du musst wissen, das war die Tür meines Schwiegervaters. Wir haben uns nie gut verstanden. Er hasste meine rot gestrichenen Fensterläden.

Erst, als er verdammt alt war und ich irgendwie älter wurde, kamen wir uns näher.

Viel zu spät! Drei Tage vor seinem Tod haben wir beide auf dem Sofa gesessen und über Gott und die Welt gesprochen.

Er meinte, er werde bald sterben. Wir haben noch Witze darüber gemacht, dass das noch lange nicht dran sei. Wir tranken einen über den Durst und amüsierten uns, wie es wohl sei, wenn man sich die Radieschen von unten ansehen würde."

Sie holte tief Luft und ließ diese verzweifelt stöhnend wieder frei.

Der kühle spätherbstliche Abendwind griff sie auf und trug sie fort.

Ihr stumpfer Blick traf mich, als sie sagte:

"Er ist vor nicht einmal zwei Wochen gestorben. Seine Tür habe ich rot gestrichen und auf sein Grab säte ich Radieschen."

Fast körperlich spürte ich ihre Zerrissenheit, ihre Wut auf das Vergangene, und die verstrichene Chance der endgültigen Versöhnung.

Die Poscht und so

Mein kleines Wohnörtchen hat mit allem Drum und Dran, auch dank der Gemeindereformen, etwa 5.600 Einwohner. Ich selbst lebe in einem solch eingemeindeten Teilfleckchen, wo es außer Ruhe, Grün, ein paar Viecher und einer Kirche nix gibt. Habe ich etwas zu erledigen, ist ein kleiner Plan vorteilhaft, denn die nächste Gelegenheit, zum Beispiel einen Supermarkt zu finden, oder gar die Poststelle, sind fünf Kilometer entfernt.

Also steige ich ins Auto und düse zum Farbenfachmarkt, denn dort ist die Poststelle.

Eine halbe Stunde vor Schließzeit springe ich in den Laden, schlage zielstrebig einen Haken nach rechts und ... ähm, nix.

Ich kullere meine Augen durch das Geschäft. Keine Poststelle. Einfach weg. Ich frage nach und erfahre, sie sei ein paar Straßen weitergezogen.

Ich schaue auf die Uhr. Oh, da muss ich mich aber beeilen.

Ein großzügiger Raum, zweckmäßig eingerichtet. Zwei Damen empfangen mich. Ich lege meine dicken Briefe auf den Tisch und bitte, die noch einmal zu wiegen. Die Ältere, ich schätze Mitte vierzig, übergibt die "Angelegenheit" der Jüngeren, etwa zwanzig. Sie wird eingearbeitet.

Diese nimmt den ersten Brief, zeigt mit dem Finger auf die Adresse und richtet fragend einen Blick an die Ältere.

"Ja, Chemnitz", sagt diese.

"Wo ist das?", fragt die Jüngere.

"Im Osten.", bekommt sie zur Antwort. "Was muss da draufgeklebt werden?", fragt sie.

"So wie hier.", bekommt sie zur Antwort.

Sie greift den nächsten Brief.

"Bonn ist hier.", sagt sie und klebt die Marke drauf.

"Wo ist Rothstein?", fragt sie.

Die Ältere schaut auf die Postleitzahl und sagt: "Im Osten."

Die Jüngere: "Also auch die Marke wie hier?"

In mir wächst langsam der Groll. Was ist das denn!? Ich sage zu der Älteren:

"Hier habe ich noch zwei Briefe in den Norden und einen in den Westen. Es bietet sich also an zu prüfen, was es kosten wird, von hier aus dem Süden die Post innerhalb von Deutschland zu versenden."

Ich wende mich an die Jüngere und erkundige mich nach ihrem Alter. Sie sagt mir, sie sei einundzwanzig Jahre. Okay, dachte ich.

"Können sie mit dem Begriff 'Osten' innerhalb von Deutschland etwas anfangen?", frage ich. Sie meint, sie hätte in der Schule mal was davon gehört, ihr sei das aber egal.

Der Älteren wird es sichtbar peinlich. Ich sage zu ihr, dass ich auf ihr Denken keinen Einfluss nehmen möchte, das sei ganz allein ihre Sache. Nur empfinde ich das ganze Getue nach mehr als einem Vierteljahrhundert sehr fragwürdig.

"Ihre junge Kollegin ist in dieses Deutschland hinein geboren. Sie kennt die politische Vergewaltigung unseres Landes von damals nur aus den Geschichtsbüchern. Ich glaube, sie tuen ihr damit keinen Gefallen."

Die Kirchenglocken läuten 18:00 Uhr. Ich zahle, wünsche mit der neuen Filiale viel Erfolg und gehe. Und das Verrückte ist, ich habe diese Filiale nie wieder betreten.

Ich wohne in einem kleinen Ort, wo die nächste Postfiliale in die andere Richtung ebenfalls fünf Kilometer entfernt ist.

Flickwerk

... okay, okay! Nennen wir es schicker. Sagen wir besser: Patchwork

Das klingt doch nach etwas, irgendwie dazugehörig, salonfähig, Teil einer, dieser, modernen Gesellschaft.

Das Irrwitzige: Ich gehöre dazu, bin also ein solches Flickerl.

Seit drei Tagen bin ich damit beschäftigt, Weihnachtsgeschenke liebevoll zu verpacken. Und das sind schon einige! Meine Gedanken schweifen zu den Einzelnen, die diese kleinen Präsente erhalten werden.

In diesem Jahr nach längerer Zeit nicht mal so einfach mit der Post auf den Weg gebracht, sondern ganz persönlich. Persönlich heißt, eine Flickerl-Tour von knapp zweitausend Weihnachtskilometern durch Deutschland.

Fast alles ist verpackt und dennoch verharre ich und denke an unser Patchwork, das sich auch in diesem Jahr verändert hat.

Mir erscheint eine Familie wie eine pulsierende Zelle, ständig in Bewegung und was nicht passt, irgendwie ungesund ist, wird abgestoßen, um früher oder später ersetzt zu werden.

Das klingt hart. Ich weiß das. Aber so ganz ohne
Schnörkel betrachtet, ist es so.

Ganz gleich, wie viele Jahre die abgestoßene Zelle
in dieser Familie verharrte, jetzt gehört sie nicht
mehr dazu. Sie ist nicht blutsverwandt.

Das wird mir immer ein Rätsel bleiben. Ich habe
das vor etlichen Jahren am eigenen Leib erfahren
und kann

die Situation sehr genau nachfühlen.

Jeder von uns, der in einer Partnerschaft lebt, steht
mit einem Bein in dieser Familie, mit dem anderen
im potentiellen Aus.

Oh verdammt, jetzt bin ich aber abgeschweift. Ich
ziehe das Schleifenband fest und lege das Päck-
chen zu den anderen. Nachher, so nehme ich mir
vor, werde ich den beiden jungen Frauen, die ihre
Kinder den Vätern zur Familienweihnachtsfeier mit-
geben werden, ein paar Zeilen schreiben. Sie werden mir fehlen.

... noch ein paar Leckereien zu den Geschenktüten
und dann ist alles reisebereit.

Euch allen wünsche ich schöne und erholsame
Weihnachtstage im Kreise Eurer Familien.

Genießt das Fest, die Zeit und insbesondere den
Augenblick.

Koller

Heute ist es mal wieder so weit. Der Monat neigt sich dem Ende und auch noch das dritte Quartal. Ich stiere in meinen Kalender und bekomme so ganz langsam den Koller. Der überfällt mich regelmäßig zu dieser Zeit.

Drei Worte: Buchhaltung, Steuerbüro, Finanzamt Es gibt wahrlich Schöneres und aus meiner Sicht sowieso Wichtigeres, als diese über den Monat gesammelten Papierbeweise zuzuordnen und dem Steuerbüro zu übergeben. Denn ohne einem solchen ist ein klitzekleiner Selbständiger wie ich gnadenlos dem Fraß der Überprüfer ausgeliefert. Tja, und natürlich mit großer Freude werde ich selbstverständlich die Rechnung des Steuerbüros für seine Leistung begleichen.

Somit ist also meine Woche schon mal geregelt zwischen Einkommen generierender Arbeit, jipiiiee Buchhaltung und wenn dann noch Platz ist, vielleicht ein Stück kreativ tätig sein dürfen ...

Abends zwischen halb wach und fast im Traumland, nach der Dusche, schon im Bett belohne ich mich. Ich schnappe mir Tolino und vergrabe mich in ein Buch.

Und dann kommt es. Lesen ist Sucht. Ich kann mich nicht aus der Geschichte stehlen.

Ich muss, wie ein kleines unvernünftiges Kind, weiterlesen.

Dann gibt es nur noch zwei Möglichkeiten. Entweder mein Körper ist so schlau und lässt meine Augen zufallen, dann ist alles gut! Oder aber: Es wird Mitternacht, gegen eins, gegen zwei, gegen

... ohne Worte!

Meistens fallen die Augen zu. Zum Glück!

Nahe beisammen: Glanz und Verfall

Der Morgen nimmt den dunklen Tüll der Nacht und
maust den Glanz der reflektierenden Lichter.
Gewaschen vom nächtlichen Regen liegt er vor mir,
nackt und pur, der Tag in seiner ganzen Realität.
Ich bin desillusioniert, beklaut meiner freudigen Erwartungen.
Vor meinem inneren Auge ziehen meine ersten Ein-
drücke der nächtlichen Taxifahrt, die im Lichter-
meer erstrahlten, belebten Straßenzüge, die bun-
ten Restaurants und Cafés vorüber.
Ich stehe vor der Villa Castelnuovo. Ein desolates
Objekt. Die Gebäude, wie auch die Straßen und
Gehwege haben seit Jahrzehnten keine Sanierung
erfahren.
Ich bin irritiert. Das gesamte Umfeld ist verrottet,
versinkt im Dreck der überfüllten Müllcontainer,
das Gehen auf den schiefen Wegen gleicht einem
Slalomlauf um Löcher, Hundehaufen, geparkten
Fahrzeugen und herumliegendem Müll.

Nun, für ein Kunstprojekt lässt sich so manche Lo-
cation gebrauchen oder missbrauchen. Es kann sogar interessant und spannend sein, tröste ich mich.
Hier wird es also sein, das Festival mit Künstlern,

Musikern und Artisten - das "L'Isola che C'è -
I'evento artistico di Palermo", zu dem ich vom Veranstalter eingeladen wurde. Zwei meiner Bilder
sind hier zu sehen. Bereits vor vier Wochen übersandte ich diese. Ich bin so sehr auf die multikulturelle Veranstaltung gespannt.

Es ist sechszehn Uhr, der Beginn der Veranstaltung. Einige wenige Besucher treffen ein, während
noch am Aufbau der einzelnen Stände gearbeitet
wird. Die meisten sind noch unbesetzt. Es gibt
keine Eröffnung, keine Vernissage, so erfahren wir.
Es ist einfach. Nach einem Rundgang durch das
Areal beschließen wir, die Situation als gegeben
hinzunehmen.

Immer mehr Gäste kommen im Laufe des Abends
und schauen sich die Ausstellung an. Ich halte mich
in der Nähe meiner Bilder auf, um mit den Besuchern ins Gespräch zu kommen. Denn nichts beflügelt einen Künstler mehr, als der direkte Kontakt
mit den Betrachtern der eigenen Werke. Zu Gesprächen kam es nicht. Alle waren freundlich, lächelten, Einige nickten. Die Besucher zog es von einem Kunstwerk zum nächsten, um anschließend an
dem Event im Freien dabei zu sein …

Gegen zwanzig Uhr verlassen wir die

Veranstaltung, die für vier Tage täglich von vier Uhr am Nachmittag bis Null Uhr geöffnet sein wird. Am nächsten Morgen traben wir zu Fuß durch die Stadt. Ausgeschlafen und gut gefrühstückt.

Wer in Palermo ein ruhiges, großzügig gestaltetes und recht gut ausgestattetes Hotel sucht, kann mich gern kontaktieren. Auch wenn der Zahn der Zeit dort genagt hat, ist man tatsächlich gut aufgehoben.
Bis Mitternacht hörten wir die Bands von der Bühne der nahen Villa Castelnuovo. Am Abend werden auch wir wieder dort beim Event sein.
Wir gehen also los. Unser Ziel ist das Stadtzentrum, die Altstadt und weiter zum Hafen. Ich wünsche mir, eine andere Stadt zu entdecken als die, die wir am Vortag vorfanden. Jede Großstadt hat seine "schrägen Ecken", denke ich mir.

Aber nein. Es ist, wie es ist.
Romantiker würden diese Stadt sicher so beschreiben: Eine lebendige, quirlige Mittelmeer-Metropole mit vielfältigen Facetten.
Palermo ist ganz sicher eine faszinierende Stadt.
Noch heute ist der Glanz von damals sichtbar.
Sichtbar sind auch die vielen, vielen völkerbunten

Einflüsse, der sehr langen Geschichte, die schon ca. 800 v. Chr. begann. Mich beeindrucken die mächtigen barocken Gebäude neben den orientalischen.

Palermo ist eine Fundgrube für Fotografen und Künstler. Aus diesem Blickwinkel betrachtet, begeistert mich diese Stadt ungemein. Es verlockt zum Verharren, zum Betrachten. Es verlockt nur! Es gelingt nicht. Genervt stolpere ich die ausgetretenen, beschädigten, schiefen, löchrigen Fußwege, immer bedacht, auf keinem Hundehaufen auszugleiten, entlang. Will man eine Straße überqueren, müssen geparkte Autos umgangen werden.

Der Straßenverkehr ist das reinste Abenteuer. Regeln scheinen auf ein Minimum geschrumpft. Das wichtigste Verkehrsinstrument ist die Hupe. Jegliches Fahrzeug hupt und hupt und hupt ... Es macht die Stadt wahnsinnig laut und mich fast verrückt. Ich stiefele inzwischen fast mechanisch weiter. Wir erreichen das Stadtzentrum, die Altstadt und schlagen den Weg zum Hafen ein. Kein Gebäude, kein Straßenzug ist in einem akzeptablen Zustand. Die Stadt ist desolat. Verfallen. Die Menschen scheinen dem Müll und Dreck mit Gleichgültigkeit zu begegnen, sich der Situation zu ergeben, als nicht veränderbar hinzunehmen. Eine schmerzhafte Erkenntnis.

Pflastermüde genervt von der Hektik, dem Lärm, der schlechten Luft und durstig erreichen wir den Hafen.

Unmittelbar am Wasser gelegen, entdecken wir ein kleines Bistro. Ich falle erschöpft auf den nächsten Stuhl.

Etwas abseits der Straßen, weniger Lärm, etwas bessere Luft.

Wir trafen immer auf freundliche, hilfsbereite Menschen, auf keinen der deutsch sprach. Jedoch, wer spricht in Deutschland italienisch? Meistens sprach mein Gegenüber ebenso schlechtes Englisch wie ich. Wenn nix mehr ging, half ein gegoogeltes Bild auf dem Smartphone.

In diesem kleinen Bistro hielten wir es eine gute Stunde aus und zogen weiter am Hafen entlang, vorbei an streunenden Hunden und Katzen, an Joggern, Kamerateams, Touristen, Wassersportlern, bis wir am Wasser Keramik-"Matratzen" entdeckten. Große Betonklötze mit Keramikfliesen künstlerisch so gestaltet, dass sie als Matratzen zum Verweilen einladen.

Wir konnten nicht widerstehen und ließen uns von einer solchen lustig-bunten harten Matratze einladen, bevor wir uns wieder zurück in die Altstadt aufmachten.

Wir wählten andere Seitenstraßen, um noch mehr von der Stadt zu sehen. Wir liefen enge kaputte Gassen entlang, unter Wäsche, die zum Trocknen aus den Fenstern hing, an vielen kleinen Lädchen vorbei, die in den Häuserzeilen wenige ausgesuchte Waren anboten. Wir kämpften mit den verstopften Straßen, hupenden Autos, lauten Menschen.

Inzwischen wurde es dunkel. Wir setzten uns in eine Pizzeria, genossen eine Kleinigkeit und einen guten Wein. Ich beobachtete, wie der Tagesstress sich in den Straßen zu einem Abend"stress" wandelte. Sah, wie sich Pärchen schick gemacht haben und mit dem Freitagabend in das Wochenende gingen, wie sich Eltern mit ihren Kindern zum gemeinsamen Abendessen trafen, wie eine Limousine vor das Haus nebenan fuhr, ein Mann von zwei Personenschützern zum Hauseingang begleitet wurde, die beiden erst weiter fuhren, als sie ein Signal erhielten. Es ist laut und lebhaft, die Luft geschwängert von Abgasen. Ich bin müde und völlig kaputt. Wir sind etwa acht bis zehn Kilometer auf den Steinen unterwegs gewesen, gefühlte dreißig!

Taxi!!! Wir wollen doch noch zum Event in die Villa Castelnuovo!

Schon von weitem hören wir von der Aktionsbühne die großartigen Klänge des Gitarristen. Meine müden Füße nehmen den Rhythmus auf und tragen mich etwas leichter über die Schottersteinchen. Wir schlendern durch die Künstlerzelte und bewundern die wahrlich anspruchsvollen Werke der Künstlerinnen und Künstler aus vielen Ländern. Nino Parrucca, ein Keramikkünstler, beeindruckt mit seiner Farbenpracht, mit der er die keramischen Stücke gestaltet. Wir können nicht widerstehen und nehmen ein paar mit. Giovanna Cinoffo ist eine Glaskünstlerin. Ich mag die liebevoll gestalteten Murano Glas-Schmuckstücke sehr. Bei ihr kauften wir das Erinnerungsstück an dieses Event.

Von der Bühne erklingen inzwischen Rhythmen der fünfziger Jahre. Mit Rock n Roll in den Füßen verabschieden wir uns von diesem Kunst-Event und gehen die nur etwa achthundert Meter zum Hotel.

... der Morgen ist warm und sonnig. Italienische Musik tönt aus den Boxen, wird abgelöst von einem Moderator, der sich beim Reden selbst zu überholen scheint. Ich schaue durchs Fenster des Taxis, das uns zum Airport bringt und sauge das Palermo in mir auf. Wir verlassen die Stadt und fahren direkt am Meer entlang durch die kleinen Vororte. Diese erinnern mich an Zypern. Die kleinen weißen Häuser, das blaue Meer, die Oliven- und Zitrusbäume, die üppige Vegetation - es stimmt mich versöhnlich. Oh, wie lange ist das eigentlich her, als ich dort war? Irgendwann in den 90ern. Wann werde ich mal wieder in Palermo sein ...

Granatapfel verspeisen – Fluch und Segen

Hast Du schon einmal versucht, einen Granatapfel zu verspachteln?

Ich meine, so mit allem Drum und Dran. Also: kaufen, selbst zerlegen und verspeisen.

Ja? Okay, dann weißt Du, wie das funktioniert. Ich wusste das bis vor ein paar Tagen nicht.

In den Supermärkten haben diese leckeren Früchte zur Zeit Hochsaison. Ich umschlich diese Stiegen. Noch nie kaufte ich einen Granatapfel.

Vor drei Jahren bekam ich einmal zwei kleine geschenkt. Sie waren ein Mitbringsel aus Griechenland. Die waren sehr hart und endeten letztendlich als Deko-Objekt.

Ich stand also vor der Obststiege, fühlte diese runden, sorgsam im Schaumstoffmantel gelagerten Früchte und stellte fest, dass sie eine ziemlich weiche Schale haben. Okay, so scheint das Verspeisen kein Problem. Ich kaufte einen.

Zu Hause schnappte ich mir ein Küchenbrettchen sowie ein scharfes Messer und halbierte die Granatfrucht. Es war ein schicker sauberer Schnitt, wie man es üblicherweise mit einem Apfel macht. Ich brach die zwei Hälften auseinander und glaubte meinen Augen nicht! - Oh Mann! Unglaublich! Was für ein phantastisches Rot! Der Saft spritzte in alle Richtungen, war weniger dekorativ auf den weißen Küchenmöbeln und schon gar nicht auf meinen Klamotten.

Mit Küchenpapier saugte ich das erste Drama auf. Ich pulte ein paar unverletzte Samen heraus und probierte diese. Hmmm, saftig, sehr lecker, süß und mit einem kleinen herben Untergeschmack. Es lohnt sich also.

Mit Gäbelchen und Löffelchen und spitzem Messer entfernte ich die kleinen leuchtend-roten Samen aus der Schale und befreite diese von den weißen Häutchen, ähnlich wie bei Orangen und Grapefruits. Der Aufwand ist immens. So kann's nicht funktionieren. Es gibt sicher eine vernünftige Lösung, diese Dingerchen zu "schlachten".

Ich schrubbte meine Hände, um das Rot zu entfernen, marschierte an den Computer und googelte nach einer Technologie.

Mir saß das Grienen im Gesicht. Vor mir haben das bereits unendlich viele Verzweifelte getan. Und: Es gibt drei einfache Lösungen. In einem Video, das ich auf YouTube fand, wird das gut erklärt.

Bei meiner Recherche sammelte ich eine Menge nützlicher Informationen zum Thema Granatapfel.

Du kennst das vielleicht. Man kommt vom einen zum anderen ... Außer, dass das eine äußerst gesundheitsfördernde Frucht ist, dass der rote Saft zum Färben (!) von Stoffen und Teppichen verwendet wurde, fand ich witzig, dass es sogar Hilfsmittel gibt, diese Früchte einfach entkernen zu können. Ist mir bisher noch niemals aufgefallen. Wir könnten es uns also auch ganz einfach machen.

Du wirst nun auf keinen Fall ein Schlachtfeld aus Deiner Küche machen. Denn, wenn Du es noch nicht wusstest, wie es geht, jetzt auf jeden Fall!

Aufgeschnappt und ausgespuckt

Noch knapp zwanzig Minuten, dann wird die Fähre anlegen und mich gemütlich von Konstanz nach Friedrichshafen schippern.
Auf einer bequemen Bank mache ich mich breit.
Mein Blick ruht auf dem Hafen.
Irgendwie störend, dieser grässliche hohe Betonklotz hinter der historischen Kulisse der Uferpromenade, denke ich flüchtig.
Herrlich, noch eine viertel Stunde Zeit, ich krame meinen Tolino aus der Tasche, klappe ihn auf, um in meinem Buch zu lesen.
Gerade habe ich mich in die ersten Zeilen vertieft, als sich zwei Männer laut diskutierend auf der anderen Seite *meiner* in Beschlag genommenen Bank fallen lassen.
"Ick kann dir sagen, ick hab nischt, aber überhaupt nischt gegen die. Die können nischt dafür, dass die dort untergekommen wurden, wo die jetze sind", erklärt der eine dem anderen in einem saloppen Slang. "Und weeste, der zuvor da war, den se rausgehauen haben, weil dat arme Schwein 'ne Tüte mit abgelaufenen Fressalien mitgehen ließ, war och in Ordnung. Irgendwo aus Asien kam der, ick wees nich genau."

"Ist der blöd? Warum macht der so was?"

"Gelegenheit, einfach Gelegenheit. Lag ja im Müll",
sagt er und redet gleich weiter.

"Hast du schon mal einen gesehen, der bei 'ner
Reinigungskolonne reich geworden ist?"

"Nö. Aber jeder weiß, dass das verboten ist."

"Klugscheißer!"

Die zwei zünden sich eine Zigarette an und ich
fühle mich ertappt, weil ich neugierig dem Gespräch folge. Meine Augen stieren auf Tolino und
die Ohren hängen am Gespräch hinter meinem Rü-
cken.

Der eine stößt seinen Qualm genussvoll aus und
nimmt das Gespräch wieder auf:

"Tja, und jetze ham wir 'nen Schwarzen. Der is bestimmt ein cooler Typ. Kann schon sein. Nur versteht der keen Wort Deutsch. Es heißt, der würde
Deutsch lernen, aber ick merk nischt davon. Is ja
ooch allet jut." Er überlegt kurz und meint:

"Weeste, die armen Kerle könn nischt dafür. Die
Politiker, die dat eingerührt haben, die allet off die
janz unten abwälzen, die interessiert dat nich, wie
wir klarkommen."

"Hör mir auf mit Politik, die ist mir egal", sagt der
andere.

"Sollte aber nich. Allet is Politik", belehrt der erste.

"Pass uff. Der Schwarze kam zu mir und wollte irgendetwas. Ick hab ihn ja nich verstanden. Dann begriff ick, dass ick ihm irgendeine Maschine erklären sollte, die ick selbst nie bedient habe." Er schnaubt kurz: "Sollte da mal einen Kurs machen. Unbezahlt! Dat bei Mindestlohn. Hab's mir bisher verkniffen", ergänzt er.

"Also gleich mal zwei Unbekannte. Sprache und Technik!", warf der andere altklug ein. "Jo, so könnte man sagen. Dann kam noch die aus dem Büro oben dazu. Die meinte, die Chefin hätte jesagt, ick solle ihm dat erklären. Ick sagte, wie soll ick dat erklären, wenn der mich nich versteht? Da meinte die, ick soll mir Mühe geben. Da hab ick ihr gesagt: 'Richte der Chefin aus, dat sie sich darum kümmern soll, dat Frau Merkel einen Dolmetscher schickt ...'"

Die Fähre sendet ihr Signal und wird gleich anlegen. Ich schiebe meinen Tolino in die Tasche. Beim Aufstehen drehe ich mich um und sehe die beiden Männer, irgendwo in den Dreißigern, noch immer rauchend und ernsthaft in ihr Gespräch vertieft.

Ich schlendere zum Anleger und denke bei mir, wie viele Aspekte, in diesen wenigen, einfachen, Sätzen berührt wurden, wie breit doch das politische Geschehen greift und bewegt. - Hass? Nein.

47

Hass hörte ich in keinem Satz.

Logisch?

"Nutzen sie ein Smartphone?", frage ich.

"Ja, logisch!" Er lacht.

"Welches Betriebssystem?", löchere ich weiter.

"Asteroid", sagt er und ergänzt: "So eins mit einer Payback-Karte zum Aufladen."

In diesem Moment wird mir bewusst, wie uns die Wortschöpfungen im täglichen Leben erschlagen.

Glas ist Glas

Oh wow! Ist das ein geniales Anwesen, denke ich. Eingekuschelt in einem beeindruckend angelegten parkähnlichen Grundstück überrascht mich das Glashaus. Die riesigen Scheiben werden von wenig naturbelassenem Holz gehalten.

Ein jeder kann Einblick nehmen in das Innenleben dieses Gebäudes. Das ist von den Bewohnern so gewollt, denke ich.

Kurz verharre ich und lasse das Interieur auf mich wirken. Menschen, die etwas erreicht haben, es genießen und sich gern bewundern lassen.

Ich klingele an der Tür und trete ein Stück zurück. Im Haus höre ich, und ich sehe es, wie der Bewohner die Treppe herunterkommt, um zur Tür zu gehen. Ich muss mir ein breites Grienen unterdrücken. Er steckt den Kopf durch den Türspalt und begrüßt mich.

Sein Blick erfasst mein Namensschild an der Lederjacke. Er strahlt mich an. Alles klar, sagt er. Sie haben Post geschickt. Warten sie kurz. Ich muss mir nur schnell eine Hose anziehen. Dann können wir reden.

Als ob ich das nicht schon längst gesehen hätte!

Ein paar Minuten

Noch ist es zeitiger Morgen. Die Straßen entlang des Sees sind stark frequentiert. Touristen, die es von hier nach da treibt, Berufskraftfahrer, die im vorgeschriebenen Tempolimit gefangen, ihren Zeitplan zu realisieren haben und auch ich, die pünktlich zum Termin sein will.

Gemütlich geht es im Schritttempo die Bundesstraße entlang. Ich lehne mich in meinen Sitz und lasse meinen Blick über den See schweifen. Ein paar Segelboote am zeitigen Morgen, Seevögel, ein ruhiges Wasser, die Sonne, die sich durch diesige Wolken kämpft - sonst nichts.

Diese friedliche Stimmung nimmt von mir Besitz.

Ich schaue auf die Uhr. Gut, fast zwanzig Minuten Zeitpuffer. Spontan nehme ich die nächste Gelegenheit und fahre auf den Parkplatz in Birnau.

Der sonst gewohnte Anblick von aufgereihten Touristen oberhalb des Sees, die ihre Smartphones in die Höhe halten, fehlt mir heute. Der gesamte Platz gehört an diesem Morgen nur mir.

Ich genieße den Anblick des fantastischen Bodensees. Er liegt ruhig geborgen von den Alpen und dreier Länder vor mir.

Ein Lächeln streift mein Gesicht.

Denn nun greife auch ich nach meinem Smartphone und entscheide mich für eine Panoramaauf-
nahme.
Mich drängt es, dieses Gefühl im Bild einzufangen
und mit mir zu nehmen.

Zwetschgen, Pflaumen – oder wie?

Früher, ganz früher, kaufte ich immer Pflaumenkuchen.

Habe ich einen solchen gebacken, war es einfach nur Pflaumenkuchen.

Später glaubte ich, es wäre eine regionale Spezifikation. Die einen sagen so, die anderen eben so.

Neulich hat mich das Leben eines Besseren gelehrt. In Ravensburg haben wir einen schicken Supermarkt. Dort erledige ich gern meine Einkäufe. Ein gutes Angebot, eine angenehme, höfliche und saubere Atmosphäre ist das eine. Das andere: Es ist so großartig zu erleben, wie viele Menschen verschiedenster Nationalitäten dort beschäftigt sind und wiederum auch einkaufen. Deutsch ist Firmen- wie auch Kundensprache.

Und außerdem gibt es dort meinen Lieblingsbäcker. Ich reihte mich also in die Schlange ein. Vor mir wurde lebhaft diskutiert. Meine Neugier ließ meine Ohren spitzen.

Aha, es ging um den Zwetschgenkuchen, der im Angebot ist.

"Noi!", rief eine Frau im schwäbischen Dialekt.

"Zwetschgen sind Zwetschgen und Pflaumen sind Pflaumen! Das hier sind Zwetschgen."

Ein kräftiger großer Mann holte aus seinem mächtigen Körper eine tiefe warme Stimme. Im Bariton mit einem russischen Slang meinte er bestimmt: "Zwetschgen sind Pflaumen. Alles sind Pflaumen. Ihr sagt nur Zwetschgen."

Die Dame vor mir wehrte sich: "Zwetschgen sind Zwetschgen. Die werden zum Backen genommen. Pflaumen sind Pflaumen, die werden zu weich beim Backen. Da kann man nur Mus draus machen."
Ein anderer drehte sich um. "Ich glaube", sagte er, "irgendwie sind das alles Pflaumen. Da gib es verschiedene Sorten. Aber wie das mit den Zwetschgen ist, ob das hier wirklich nur so gesagt wird? Ich weiß es nicht."
Die Dame vor mir wandte sich an mich: "Was meinen sie?"
"Ich weiß es nicht", sage ich und schaue fragend die Verkäuferin hinter dem Tresen an. Die hebt die Schultern, schüttelt den Kopf.
"Ich weiß es auch nicht so genau. Irgendwie sind das bei uns immer nur Zwetschgen. Wenn einer einen Pflaumenkuchen will. Bekommt er den Zwetschgenkuchen. Ich glaube, das ist das Gleiche."
Aha, ist es wirklich so? Ich bin der Sache

nachgegangen.

Es gibt da tatsächlich einen Unterschied. Die Zwetschge ist eine Unterart der Pflaume.

Die Pflaume ist etwas größer, eher rund. Die Zwetschge etwas kleiner und oval. Der Stein der Pflaume lässt sich schwer vom Fruchtfleisch lösen, hingegen ist es bei der Zwetschge kein Problem.

Das Fruchtfleisch der Pflaume ist süß, locker und weich; das der Zwetschge fest und trockener.

Das ist der Hauptpunkt, weshalb die Zwetschge zum Backen verwendet wird. Das feste Fruchtfleisch mit weniger Saft lässt den Boden des Kuchens nicht durchweichen.

Nun, die Dame, die meinte, dass die Pflaume gut ist, um Mus daraus zu kochen, natürlich auch Konfitüren, Marmeladen und ähnliches, hat vollkommen recht.

Altmodisch – oder was?

Jetzt mal Butter bei die Fische: Wer von den potentiellen E-Mail-Empfängern liest diesen grausamen vorweihnachtlichen Datenmüll?

Fast jedes Unternehmen, ob groß oder klitzeklein, glaubt, ihre Kunden mit irgendwelchen blöden Adventskalendern täglich! zu nerven, hinzu kommen die regelmäßigen gerade-heute-super-super-Prozente beim Weihnachts-Einkauf, nur heute ein Extra-Geschenk, nur heute die tollen Rabatte ...

Jetzt die Masche: Noch kein Geschenk, in letzter Minute noch, Lieferung vor Weihnachten garantiert und so weiter, und so weiter.

Ich öffne mein E-Mail-Programm, lege den Finger auf die Löschtaste und scrolle los. Sämtliche Adventskalender, nur-noch-heute-super-sparen-zu-Weihnachten, Weihnachtsgrüße und Danke ... und haste nicht gesehen - WEG - GELÖSCHT - Ruhe im Karton!

Wir stehen kurz vor dem vierten Advent. Mein E-Mail-Postfach füllt sich permanent mit den in Sammel-Mails verpackten Weihnachtsgrüßen und virtuellen Dankeschöns. Hier macht sich keiner mehr einen Kopf, wie das Sender-Empfänger-Prinzip im Marketing funktioniert. Unpersönlicher geht's nicht!

Ich gebe zu, dass ich so gut wie keine dieser Jahresend-E-Mails lese, sondern unverzüglich in den Papierkorb verschiebe. Eine Ausnahme sind die Unternehmen, mit denen ich ausschließlich über das Internet agiere.

Nun, das mag ganz allein meine Meinung sein, nur wünsche ich mir, dass diese Post ein einziges Mal im Jahr, egal, ob von einem Unternehmen oder privat, eine Überlegung wert sein sollte. Ich will sie einfach nicht zwischen den Rechnungen, Informationen, Newslettern, AGBs, Bestellbestätigungen, Angeboten und so weiter vorfinden.

In dieser Sache bin ich völlig altmodisch. Ich nehme meine Post aus dem Briefkasten, sortiere die inzwischen recht selten gewordene geschäftliche Post in Papierform aus. Setze mich gemütlich hin, öffne meine schönen Briefe und lese die Post. Es ist ein Ritual, intensiv, nicht nebenbei.

Hast Du schon einmal einen Weihnachtsgruß aus dem Briefkasten genommen, einen Blick darauf geworfen, sofort zerrissen und in den Papierkorb geworfen?

Karnickelstarre

Ganz ehrlich: Bei mir ist so was wie die Kotzgrenze erreicht. Raushalten wollte ich mich. Nicht auch noch meinen Senf dem World Wide Web übergeben. Okay, jetzt ist es passiert.

Ich bin eine Frau, ganz sicher körperlich mit einer Menge weniger Muskelkraft und schwächerem Knochenbau als in der Regel ein Mann ausgestattet. Was nicht heißt, dass mein weibliches Hirn kleiner und dämlicher ist, als das eines männlichen menschlichen Geschöpfes.

Wie bescheuert ist das eigentlich, dass wir in unserem Land erst vier Tage später aus unseren offiziellen Medien von den offensichtlich organisierten kriminellen Übergriffen in der Silvesternacht auf so viele unserer Frauen in Köln, Hamburg und Stuttgart erfahren. Von Aktionen, wo Frauen erniedrigt, sexuell begrabscht und beklaut wurden. Inszeniert von großen Gruppen afrikanisch oder arabisch ausschauenden Männern.

Ich frage mich, wie lange die Information in unsere Sender gebraucht hätte, wäre nur eine einzige Frau aus dem afrikanischen oder arabischen Raum von einem einzigen männlichen Bürger unseres Landes in ähnlicher Form in einer Großstadt behandelt worden. Ich schätze, keine Stunde und die Information wäre dann halbstündlich den ganzen Tag in den Nachrichten hoch und runter zu hören gewesen und unsere Politiker würden empört und entsetzt sein über ein so abscheuliches Ereignis.

Wovor haben wir eigentlich Angst? Angst davor, dass vielleicht einem außerhalb unserer Landesgrenze das nicht gefallen könnte, was wir hier tun? Ja, na und! Das ist unser Land, das sollte unsere Heimat sein. Wir leben hier. Wir sind gastfreundlich und hilfsbereit, aber doch nicht so dämlich, uns auf Teufel komm raus benutzen zu lassen!

Als ich noch zur Schule ging, hätte es eine Schulhofkeilerei unter den Jungs gegeben, hätte sich einer aus einer anderen Klasse an einem Mädchen vergriffen, das es nicht gewollt hätte. Das war einfach eine Frage der Ehre.

Es mag ein banaler Vergleich sein. Aber ich frage mich, wo sind unsere Jungs, wo sind unsere Männer? Ich war nicht dabei, weder in Köln, noch in Hamburg, Stuttgart oder an einem anderen "Tat"ort. Mein Wissen beschränkt sich auf Informationen aus den Medien und diversen Berichten. Es kann doch nicht sein, dass die Mädels und Frauen hilflos der Situation überlassen wurden und "man" auf die Polizei wartete und hoffte, die werde schon machen.

Und die Reaktion unserer Politiker? Ihre dominante Sorge darum, dass keiner glaube, es seien die (aktuellen) Asylsuchenden. (Ich meide das Wort Flüchtling.) Es ist doch so egal, aus welcher Zeitetappe diese Menschen in unser Land kamen. Das, was hier geschehen ist, zeigt eine völlige Ignoranz und Überheblichkeit ihrem gewählten Gastland gegenüber. Und letztendlich zeigt das, welchen Stellenwert die Frau in deren Verständnis hat. Nämlich keinen! Und verdammt noch mal, warum sind wir bereit, still zu halten?

Willkommen in unserer neuen Welt. Kommt raus aus der Karnickelstarre!

Ich genehmige mir erst mal einen (Beruhigungs)-Tee.

Kuh oder Schaf

Es ist heiß geworden.

Das Mineralwasser in meiner Tasche ist aufgebraucht. Ich habe Durst.

So nehme ich die nächste Gelegenheit wahr und
kaufe in diesem Döner-Imbiss eine Flasche Wasser.

Ich fummelte an meiner Tasche, um die Flasche zu
verstauen, als ein junger Mann mit seiner Freundin
in den Laden gesprungen kam und die Verkäuferin
fragte:

"Ist der Schafskäse für den Döner von der Kuh o-
der vom Schaf?"

"Das von Kuh.", bekam er zur Antwort.

Er schaut seine Freundin an. Sie nickt.

"OK", sagt er. "So nehmen wir zwei von den Dö-
nern mit dem Schafskäse von der Kuh."

Kabarett Warteschlange

Freitagnachmittag. Da muss man das Gegurke auf den Straßen hinnehmen. Ist doch klar: Freitag nach eins, macht jeder seins. Alle wollen nach irgendwo, hauptsächlich weg von ihrer Arbeit. Endlich am Ziel angekommen ist es auch klar, dass ich mich mit meinem Paket unter dem Arm, in der Post irgendwo als Zwölfte oder Fünfzehnte einreihe. Es dauert jedoch nur Sekunden und ich bin nicht mehr die Letzte, nur noch ein Glied in der Wartekette.

"Was? Nach Australien soll das?", höre ich die Postangestellte hinter der Theke in breitem Dialekt. Sie wiegt das große Paket und ergänzt: "Das kostet aber was!"

"Noi, nicht Australien! Nach Austria", erklärt ihr der Kunde.

"Sag ich doch!", gibt sie zurück.

"Noi! Da steht doch Wien!", weist er ungeduldig mit seinem Finger auf das Etikett.

"Was, gibt's in Australien auch ein Wien? Ich kenne nur eines in Österreich", sagt sie.

"Das ist doch Österreich!!", bekommt sie lautstark zu hören.

"Und warum schreiben sie's nicht hin?!" …

Und nun soll mal einer sagen, das Warten in einer Schlange sei langweilig.

Bloß keinen Trend verpennt

1977

Für ein paar Tage hielt ich mich in einem Kranken-
haus auf, damals die Medizinische Akademie, heute
Universitätsklinik.

Vierzig Jahre später zieht es mir noch heute die
Mundwinkel schräg zusammen, wenn ich an das
erste Frühstück im Krankenzimmer denke. Die ro-
buste Krankenschwester kommt mit einem lauten
"Guten Morgen Mädels" ins Zimmer gepoltert und
stellt uns, damals war das noch Standard, zu dritt
und mehr in einem Krankenzimmer zu verbrin-
gen, eine Schüssel mit irgendeinem komischen ver-
pappsten Brei auf den Tisch.

Ich gucke das Zeugs an und frage, was das wohl
sei. "Müsli", bekomme ich knapp zur Antwort. "Das
ist Müsli?", fragte ich. Solch ein Gemantsche
kannte ich bis dahin noch nicht. Eine junge Frau
klärte mich auf. Es seien eingeweichte Haferflocken, meistens mit Milch, dann käme da noch ein
geraspelter Apfel hinzu, ein paar gehackte Nüsse,
einige Rosinen und vielleicht noch Aprikosen oder
ein anderes Obst. Wer mag, noch etwas Zucker,
Honig oder Sirup.

Ich nahm mutig einen kleinen Löffel und probierte.

Als ich diesen Happs nach unten würgte, erschien die Schwester in der Tür und ich bat um eine Alternative.

Gut, das war also vor vierzig Jahren.

2017

Entdeckt: Der Überflieger aus den USA - "Overnight Oats"

Ihr ahnt es schon? Genau. Inzwischen wissen meine Leser, dass ich mich mit der englischen Sprache eher schlecht als recht durchs Leben schlage. Overnight - alles klar. Das kriege ich hin, kann es inhaltlich verarbeiten und als über Nacht übersetzen. Aber was

zum Teufel ist Oats? Ein Wort, das alles andere als zum geläufigen Sprachgebrauch notwendig ist. So glaube ich. Es kann natürlich sein, dass es sich schickt zu wissen, dass Oats einfach nur Haferflocken sind. - Wieder ein Aufreger für mich, weil ich als Deutsche in Deutschland ohne dem Übersetzungswerk Englisch-Deutsch nicht mehr auskomme. -

Unumgänglich, einfach ein Muss. Wer sich also gesund ernähren will, braucht dringend Overnight Oats. Das heißt, über Nacht eingeweichte Haferflocken - ergeben köstlichen

Haferflockenmatschebrei. Damit es nach etwas aussieht und sich besser schlucken lässt wird das Ganze aufgepeppt und schick angerichtet. Tja, und die was auf sich halten, besorgen sich noch ein paar Rezeptwerke für Thermomix & Co., Bücher, nutzen Foren, Blogs, tragen sich in Newsletter ein und, und, und ...

Leute, macht was Ihr für richtig haltet. Ich bleibe bei meinem frisch zubereiteten Joghurt oder Quark mit knusprigen Haferflocken, Nüssen oder Samen, oder auch einer Basismüslimischung, plus knackigem Obst, möglichst welchem aus der Saison und nach Bedarf einen Löffel Honig. Für die Zubereitung benötige ich keine zehn Minuten.

Das war mein heutiges Frühstück. Lecker und knusprig. Nix kukident.

100 g Joghurt

2 EL Haferflocken

1 TL Akazienhonig

1 TL gehackte Mandeln darüber gestreut

Erdbeeren vom Obstbauern

Zitronenmelisse aus dem Garten

Guten Appetit.

Gleich ist Weihnachten

Die Weihnachtskalender sind geplündert. Das letzte Türchen ist geöffnet.

Etwa vierzehn Uhr schließen die letzten Supermärkte und endlich zieht Ruhe durchs Land.

Mit noch feuchtem Lack auf den Nägeln tippe ich diese Zeilen.

Auch ich werde noch einmal ins Auto springen und zum Supermarkt eilen. Die Kaffeemaschine streikt und will entkalkt werden. Weihnachten ohne Kaffee? Unvorstellbar! Okay, dann gleich noch ein paar Brötchen beim Bäcker ordern ...

Aber dann! Dann ist Weihnachten.

Auf der Suche nach einem passenden Bild für dieses Blog stolperte ich durch die Dezember der vergangenen Jahre. Es ist gewaltig, was sich in den letzten zehn Jahren bewegt hat. Nicht nur, dass mein Leben völlig umgestülpt ist, nein, wenn ich die Geschehnisse der letzten Dekade in unserem so kleinen Land betrachte und einen Blick über den Tellerrand hinaus nach Europa werfe und dann unser aller Globus einschließe - es ist so gewaltig.

Und gewaltig berührt mich, dass wir uns alle für das, was geschieht und sein wird, nicht aus der

Verantwortung nehmen können. Nicht ich und nicht du.

Auf der Suche nach einem passenden Bild für dieses Blog stolperte ich über ein Foto, das mir Maria, mein Enkelkind vor einem Jahr schickte. Es zeigt die Kollektion Räuchermännchen, die sie Jahr für Jahr in den Oktoberferien mit ihrem Opa bei uns bastelte, um es ihrer Mama zu Weihnachten zu schenken. Das letzte entstand im Jahr 2013. Am zweiten Weihnachtstag wird sie schon 17 Jahre und ihre Interessen sind inzwischen ganz andere, als Räuchermännchen zu basteln.

Ich stolperte über ein Bild, das ich vor zehn Jahren in Doberlug-Kirchhain in einer kleinen Seitenstraße machte. Dieses soll heute als Blog-Bild dienen. Weintrauben, auf dem Weg zum Eiswein. Gönnt Euch einen edlen Schluck. Seid es Euch wert!

Ich wünsche Euch schöne und erholsame Weihnachtstage. Genießt die Zeit mit Euren Lieben. Lasst einfach auch mal alle Fünfe gerade sein.

Haptik

Eigentlich wollte ich nur mal ganz schnell für zwei, drei Stunden vier meiner Bilder ausleihen. Diese hängen unter anderem zurzeit in der Galerie im Gasthaus Anker. Diese vier Werke hatten noch kein Foto-Shooting. Und heute ergab sich die Möglichkeit. So musste ich die Gelegenheit beim Schopfe packen.

Ich eilte also in die Galerie, klemmte mir die vier Bilder unter den Arm und stürzte im Foyer an einer Gruppe von Menschen vorbei, die diskutierend vor meinen Assemblagen standen.

Im Vorbeigehen hörte ich: "Das ist sie! Doch, doch, das muss sie sein!"

Ich drehte mich um und musste grinsen. Ein Mann stand vor der Assemblage "Vivaldi II". Er strich mit seinen Fingern über die Drumsticks und befühlte diese selbstvergessen.

Mir ist sehr oft aufgefallen, dass die Betrachter dieser Werke, ganz gleich welchen Alters, immer wieder die Teile der verwendeten Musikinstrumente berühren und anfassen müssen.

Kurz überlegte ich, ein Schildchen mit den Worten "Bitte nicht anfassen" anzubringen. Aber letztendlich ist es eine wunderbare Botschaft, die meine

Bilder übertragen. Es verbindet die Kunst mit den Menschen.

Ich wurde gebeten, die Bilder zu erklären. Ich tat es gern. Es ist selten in unserem Ländle, dass Menschen so unbekümmert auf uns Künstler zugehen und mehr wissen wollen.

Diese kleine spontane Führung durch die Galerie bereitete mir tatsächlich Vergnügen.

Als ich mich verabschiedete, sprach mich der Mann, der immer noch fasziniert das Bild mit den Drumsticks bestaunte, an:

"Sie wissen nicht, wer diese Sticks gespielt hat?"

Ich lächle: "Doch, ich weiß es."

Er strahlt mich an: "Können sie es mir sagen?"

"Ja, na klar.", sagte ich und ergänzte:

„Ferenc Warnucz von SoulCake aus Bonn."

Er strahlte und notierte sich den Namen.

Knapp zwei Stunden

Es gibt Stunden, die sind schon irgendwie verrückt. Und man könnte denken, es spinne sich ein roter Faden hindurch.

Ich lenke mein Auto durch Ravensburg in Richtung Post am Bahnhof. Seit vielen Monaten geben sich dort die Baustellen die Klinke in die Hand. Vor einigen Wochen war das Areal noch relativ großzügig bebaut. Jetzt entstehen typische Straßenschluchten. Ich verstehe, dass gebaut wird. Es ist schließlich wichtig. Nur Parkplätze sind Materialdepots und ich muss irgendwo entfernt parken und etliche Meter laufen. Das frisst vermeintlich Zeit und nervt mich im Augenblick.

Ich komme aus der Post und bin in Gedanken bereits beim nächsten Termin, als ich von einem jungen Mann in den Dreißigern angesprochen werde: "Bitte. Haben sie etwas Kleingeld? Ich möchte mir eine Kleinigkeit zu essen kaufen. Ich habe Hunger." Ich spüre, dass es für ihn keine Routine ist. Er spricht ein sauberes dialektfreies Deutsch. Seine Scham merke ich ihm deutlich an, als ich aufschaue und in sein Gesicht sehe.

Ich krame nach meiner Geldbörse.

"Halten sie ihre Hand auf.", sage ich.

Er hält mir seine Hände langsam entgegen. Ich schütte den Inhalt des Hartgeldes in seine Handflächen. Er umschließt das Geld in seinen Händen.

"Sie sind eine gute Frau."

Ich sehe in feuchte Augen.

"Alles gut. Sie werden es eines Tages weitergeben."

Als ich ins Auto steige, sehe ich ihn zur Bäckerei am Bahnhof gehen.

Auf dem Weg will ich schnell meinen kleinen Einkauf erledigen. Ich stoppe am Supermarkt und eile, um mir einen Einkaufswagen zu greifen. Den Wagen, den ich mir nehmen möchte, lässt sich mit Hilfe eines Chips nicht lösen. An der anderen Reihe versucht ein Zwanzigjähriger einen Einkaufswagen aus dem Schloss zu bekommen.

"Verdammt, mit einem zwei-Euro-Stück geht das nicht.", sagt er zu mir.

"Nein. Das geht nicht." Ich zeige auf den Hinweis an dem Einkaufswagen.

"Ich habe es nicht anders. Können sie das bitte wechseln?", fragt er mich. Ich muss lächeln.

"Nein. Ich habe leider keinen Cent Kleingeld einstecken. Aber warten sie, einen Chip habe ich für sie." Ich krame an meinem Schlüsselbund.

"Wollen sie einen in Orange oder in Grün?", frage

ich ihn. Er muss schallend lachen.

"Das ist nicht ihr Ernst? Sie wollen mir einen Chip schenken und fragen mich auch noch, welche Farbe ich bevorzuge?"

"Ja, na klar. Sie haben die Wahl." Er entscheidet sich für den in Orange.

"Vielen, vielen Dank! Das ist echt total großzügig von ihnen."

"Alles gut", sage ich. "Sie werden irgendwann einmal daran denken und den Chip weitergeben."

Ich bezahle meinen Einkauf mit der Karte, packe alles ein und stelle mich beim Bäcker an, um noch ein Brot zu kaufen. Die Verkäuferin nennt mir den Preis. Ich reiche ihr einen zwanzig-Euro-Schein.

"Haben sie es nicht etwas kleiner?", fragt sie mich.

"Nein, leider. Ich habe kein Kleingeld einstecken.", sage ich und muss wieder grinsen.

"Wirklich, haben sie gar nix?", fragt sie nochmals.

"Nein. Tatsächlich. Nix."

Sie wechselt und legt mir einen kleinen Berg Münzen auf die Theke ...

Ka-Ka-Ka-Brot

Ich denke: Karottenbrot.

Sage zu der Verkäuferin: Kartoffelbrot

Und erhalte ein Kastenbrot.

Ich zahle und nehme dieses weiße Brot kopfschüttelnd mit.

Ausnahmen bestätigen die Regel.

Nicht immer klappt es mit der Macht der Gedanken.

Hineingeboren

Welch coole Musik heute in meinem Lieblingssender, denke ich flüchtig und tanze mit meiner Tasse Kaffee durch die Küche.

"Wir spielen heute den ganzen Tag Musik aus dem Jahr 1989.", höre ich die Moderatorin.

Ach, stimmt! Heute wird der Tag der Einheit begangen. Es ist Feiertag. Als freiberuflicher Einzelkämpfer zelebriere ich diese freien Tage nicht. Und dieser beschlossene Feiertag liegt mir als mittelprächtiger Kloß im Bauch.

Ich halte mich an meiner Tasse Kaffee fest und reflektiere dieses Jahr 1989 und das darauffolgende, die ich an exponierter Stelle verbrachte. Ich erlebte live, wie gierig Heuschrecken das fraßen, was noch brauchbar war und wie Trampeltiere das platt machten, was im Weg lag. Mit einem schrägen Grienen im Gesicht beobachtete ich die zweit-, dritt- und viertklassigen Experten, die ihr Non plus Ultra in die getötete Wirtschaft streuten und ihre zu diesem Zeitpunkt in einer Rezession befindlichen Situation aufpeppten. Ich sah, wie ein ganzer Menschenschlag aus der euphorischen Illusion in eine Schockstarre fiel, um sich später als abgestempeltes Volk aufzurappeln ...

Ich wurde in diese Welt, an diesem Ort geboren. Du wurdest an einem anderen Ort in dieser Welt geboren. Ich hatte keinen Einfluss darauf, wo es geschehen wird. Du hattest keinen Einfluss darauf, wo es sein wird. Wir alle haben unsere Aufgabe in unserer Lebenszeit, die wir mehr oder weniger gut erfüllen wollen. Kein Einziger unter uns hat ein Recht, einen Menschen wegen seiner Herkunft zu verurteilen oder gar zu klassifizieren. Mir ist kein Land bekannt, das sich selbst dermaßen killt und würgt, wie mein Geburtsland Deutschland.

Die Oktobersonne strahlt durchs Fenster. Ein fantastischer Tag. Ich lehne mich zurück, nehme von meinem Kaffee. Eine Begebenheit aus den Sommermonaten kommt mir in den Sinn. Mein Auftraggeber bat mich, ein Interview im Bodenseekreis zu führen ...

Eine interessante, attraktive kleine Frau, die die achtzig Lebensjahre bereits überschritten hat. Mit klugen und wachen Augen folgte sie meiner Gesprächsführung. Ihr Leben führte sie als Kind aus Polen über viele Länder weltweit an diesen kleinen Ort am Bodensee.

In einem kleinen gemütlichen Haus mit großem Garten genießt sie gemeinsam mit ihrem Mann das Leben. Wir saßen für dieses Gespräch in diesem wunderschön angelegten Garten. Ich sagte es ihr, wie sehr ich diesen mag. Sie lächelt und erzählt, dass sie das Anwesen kauften, als sie 1987 aus den Staaten nach Deutschland zogen. Und wie entsetzt sie damals zwei Jahre später war, als die vielen Ossis kamen.

"Oh, mein Gott, dachte ich damals. Die vielen armen Leute. Ich habe sie nicht verstanden. Sie sprachen so komisch. Die konnten auch nichts. Die hatten ja da keine richtige Bildung im Osten. Und ich dachte, die müssen wir jetzt alle durchfüttern." Sie schaut mich an und ergänzt: "Aber die waren irgendwie gelehrig. Und ich muss sagen, dass sie fleißig sind. Keiner von denen ist arbeitslos. Und sie sind ruhige Leute. Die stören keinen.", sinniert sie. Wahrscheinlich hat sich mein Gesicht etwas verdunkelt. Sie sagt: "Aber das kennen sie ja sicher auch. Es war schon schlimm damals, als die alle

kamen." Ich sagte: "Nein. Das kenne ich nicht. Ich hatte keine Chance, das zu erleben."
Sie sieht mich fragend an. "Nein?"
"Nein", sage ich. "Ich lebe erst seit acht Jahren hier am See."
"Oh, von wo sind sie?"
"Möchten sie wissen, wo meine Wiege stand? Oder

möchten sie wissen, wo ich aufgewachsen bin und wo mich mein Leben in denen vielen Jahren hintrug?"

"Wo sind sie geboren?"

"In Dresden."

"Oh mein Gott, sie Arme!", ruft sie sichtlich entsetzt und voller Mitleid.

"Aber sie sprechen überhaupt keinen Dialekt! Ich hätte das nie vermutet!"

"Ich muss ihnen nicht leidtun. Mein Leben im Osten dieses Landes war für mich nie eine Last. Existenzangst, Egoismus, Fremdenhass, soziale Ungleichheiten, schlechte Bildung und vieles mehr, waren mir fremd. Ich konnte nichts vermissen, was ich nicht kannte. Dass viele Dinge aus heutiger Sicht betrachtet unlogisch und fast lächerlich waren, sind eine ganz andere Sache. Wir können die Zeit nicht zurückdrehen. Und ich denke, keiner sollte daran denken, es tun zu wollen. Denn diese Erfahrungen waren nötig, um daraus lernen und dem Leben neue Impulse geben zu können. Und ich meine damit die Menschen im Süden, Norden, Westen und Osten unseres relativ kleinen Landes."

"Aber dass sie aus dem Osten sind, kann ich noch nicht glauben.", erhärtet sie.

"Hat sich jetzt ihre Meinung über die Person, die

mit ihnen über zwei Stunden im Gespräch stand, aus diesem Grund geändert? Bin ich nun ein anderer Mensch?"

"Ich weiß es nicht. Es verwirrt mich.", sagt sie.

"Es ist nicht schlimm.", beruhige ich sie.

"Wenn sie noch etwas darüber nachdenken, werden sie es als multikulturell aufgewachsener und gebildeter Mensch verstehen ..."

Es sind dreißig Jahre vergangen. Die Menschen, die in das wieder vereinte Deutschland geboren wurden, sind heute also dreißig Jahre alt und haben bereits selbst wieder Kinder geboren. Es ist für sie deutsche Geschichte, die sie nie selbst erlebt haben, jedoch die Nachwehen bis heute zu spüren bekommen.

So, wie unsere Generation die Nachwehen des zweiten Weltkrieges zu spüren bekamen, den wir nie selbst erlebten und zu verantworten hatten. Jedoch werden wir und unsere nachfolgenden Generationen moralisch bis heute in die Verantwortung genommen. Uns wird suggestiv schlechtes Gewissen impliziert, das uns so klein macht, dass ein Stolz auf das eigene Heimatland fast peinlich wirkt. Mein Wunsch ist es, weniger an der Aufarbeitung irgendwelcher Dinge vor dreißig Jahren und länger kleben zu bleiben, sondern ganz einfach an das

Jetzt und Morgen zu denken und zu handeln.

Ich wünsche mir mehr Bewusstsein und Liebe jedes einzelnen Menschen in unserem und für unser Land. Ganz gleich, in welcher Region er heute lebt. Keiner trägt irgendwelche Schuld daran, wo er geboren wurde. Jedoch trägt jeder Einzelne die Verantwortung dafür zu sorgen, wie wir miteinander umgehen und uns wertschätzen.

Zum Haare raufen

Anekdoten, die das Leben schreibt ...
Gestern traf ich auf eine nette Fünfzigerin. Das
Thema Bildung in unserem Lande stieß ihr ungemein auf und das in ihr angestaute Ärgernis
machte sich Luft.
"Das ist doch idiotisch!", schimpfte sie. "Jeder soll
unter allen Umständen Abitur machen. Wer kein
Abi hat, ist in den Augen der meisten unfähig. Wie
bescheuert ist das denn?!"
Sie schaute mich fragend an. Ich verkniff mir eine
Antwort. Sie legte auch gleich nach:
"Wir brauchen das Handwerk! Dringend! Ich will
mal sehen, wie es ausschaut, wenn sich meine Ärz-
tin ihre Hose selber nähen wird oder ein Häusle-
bauer versuchen will eine gerade Wand hochzuzie-
hen."
Sie machte dicke Backen: "Ich kann ihnen sagen:
Vor ein paar Wochen hatte ich eine junge Frau aus
der Nachbarschaft im Geschäft. Im letzten Jahr hat
sie ihren Bachelor gemacht, eine Studierte also. Ich
sagte ihr, sie möge das Medikament kühl und dunkel lagern. Sie überlegte kurz und fragte mich, ob
es reiche, wenn sie es in den Keller stelle. Ich
meinte, nun ja, wenn ihr Keller so kalt ist, sei es in

Ordnung. Dennoch fragte ich verwundert, warum sie es nicht in den Kühlschrank stellen wolle. Da sagte sie zu mir, sie habe keinen dunklen Kühlschrank. Ihrer hätte Licht." ...

Oh je, oh je, wenn das nicht zum Haare raufen ist ...

Verschieberitis

Prokrastination, so der lateinische Name. Das soll aber keine Krankheit sein, zum Glück!
Dennoch leide ich so ein klein wenig darunter. Wer kennt das nicht? Ich hoffe es sind doch ein paar unter Euch, denen das nicht unbekannt ist. Gemeinsam steht man's besser durch.
Ich neige dazu, Dinge, in denen ich keinen Sinn sehe, aber getan werden *sollten,* Aufgaben, die erledigt werden *müssten,* Sachen, bei denen ich einen Bumerang *erwarte,* Zeugs, das einfach keinen Spaß macht, vor mir herzuschieben.
Das schaffe ich ab und an so lange zu tun, bis mir der Termindruck fast den Atem nimmt. Getreu dem Motto: "Was nur noch fünf Minuten Zeit hat, dauert auch nur noch fünf Minuten."
Ein Paradoxon: Dinge, die mir Spaß machen, die ich gern erledigen *würde,* verschiebe ich ebenso. Hier blockiert mich das schlechte Gewissen. "Was *hätte* und *könnte* ich nicht alles in dieser Zeit an Wichtigem erledigen." Total bescheuert!
Ernst Crameri hat sich dieser Sache bereits vor ein paar Jahren angenommen und sogar ein Buch zu diesem Thema geschrieben. „Hast du auch diese schlimme Krankheit Verschieberitis?"

Das entdeckte ich heute bei meiner Recherche.
Auch wenn der Begriff „Krankheit" im Titel recht
reißerisch und nicht korrekt ist, so ist es doch
spannend, zu wissen, dass ich keine von wenigen
bin.
Wie kann ich mir das Ganze schön biegen?
Wenn ich den inneren Schweinehund besiege,
tue ich das Unvermeidliche vielleicht dann sogar
gern?
Man kann sich schlau lesen. Dazu gibt es unendlich
viele Abhandlungen.
Klein anfangen,
wenige Aufgaben planen,
diese jedoch erledigen und
schließlich abhaken.
Das ist ein guter Anfang!

Handwerk hat goldenen Boden, sagt man

Schuhe reparieren zu lassen, ist in unserer heutigen schnelllebigen Zeit nicht mehr gang und gäbe. Ich tue es hin und wieder. Dann, wenn ich meine Schuhe besonders gern mag, diese verdammt teuer waren oder es aus meiner Sicht keinen äquivalenten Ersatz zeitnah gibt.

Einen Schuhmacher mit Herz und Seele zu seinem Handwerk zu finden, kommt dem Suchen nach der Stecknadel im Heuhaufen nahe. Fixe Reparaturen oder das Auffrischen der Absätze übernehmen inzwischen Servicepoints in Supermärkten, die das während meines Einkaufes erledigen. Wer braucht da noch einen Schuhmacher!

OK. Ich brauchte einen. Meine Stiefel mussten repariert werden. Also Absätze, Spitzen, ein Riemchen war gerissen ... Es war nicht das erste Mal, dass ich diesen Schuhmacher aufsuchte. Wenn die oben genannten Punkte nicht zutreffen, entsorge ich meine Schuhe. Denn eines ist Fakt: Die Reparaturkosten kommen oftmals dem Anschaffungspreis meiner Schuhe gleich.

Und hier beißt sich die Katze in den Schwanz. Handwerk hat seinen Preis. Ich kann das gut nachvollziehen. Das Material ist wahrscheinlich sekundär. Was den Preis der Reparatur ausmacht, ist der Stundenlohn. Und das macht diese Branche absolut zur Nische. Wenn sie nicht bereit sind, einen besonderen Service zu leisten, also etwas ganz Spezielles und Hochwertiges zu sein, wird das Schuhmacherhandwerk weiter schrumpfen.

Meine Stiefel gab ich also dort ab. Ein paar Tage später erhielt ich einen Anruf dieses Schuhmachers. Er wies mich darauf hin, dass meine schönen und guten Stiefel eine Synthetik-Sohle hätten, in denen ich im Winter keinen guten Halt haben werde. Er empfiehlt mir, eine ABS-Sohle aufzubringen. Das ist in Ordnung, dachte ich. Soll er es tun. Das nenne ich einen aufmerksamen Service.
In einer weiteren Woche waren meine Stiefel fertig gestellt und ich konnte sie abholen. Knapp neunzig Euro musste ich berappen. Ich nahm meine zwei Paar Stiefel entgegen. Und betrachtete mir die geleistete Reparaturarbeit.
Ein Paar nahm ich, das andere ließ ich dort. Ich bat, die losen Absätze nachzuarbeiten. So käme ich nicht durch den Winter. Entsetzt über meine Bitte erhielt ich einen Vortrag, dass dieser Schuhmacher seit über fünfundzwanzig Jahren seine Arbeit immer gut erledige und es noch niemals Beschwerden

gab.

Ich sagte, dass ich mich nicht beschwert habe. Es sei eine Bitte. Die Schuhreparatur war mangelhaft und er solle es bitte korrigieren.

Noch niemals habe es eine Reklamation gegeben ...

Ich bezahlte das eine Paar Stiefel und ließ mein zweites dort.

Eine Woche später erhielt ich die Mitteilung, dass die Stiefel fertig seien. Das traf sich gut. Ich wollte sie gern auf eine Reise mitnehmen. Die Zeit war bei mir knapp und ich versuchte, das irgendwie zwischen den Terminen zu erledigen. Ich rief dort an und bat, fünf Minuten nach zwölf Uhr dort meine Stiefel abzuholen.

"Wir schließen 12 Uhr!"

"Ich weiß. Deshalb rufe ich sie an. Sie merken, ich sitze im Auto und ich bin auf dem Weg zu ihnen."

"Wir schließen 12 Uhr. Nicht fünf Minuten nach zwölf, nicht zehn Minuten nach zwölf und auch nicht fünfzehn Minuten nach zwölf."

"Es sind noch sechs Kilometer, also sechs Minuten. Dann bin ich bei ihnen."

"In sechs Minuten ist es vier Minuten nach zwölf. Sie können jemanden schicken, wenn sie es nicht schaffen. 15 Uhr öffnen wir wieder."

"Das ist mir nicht möglich. Danke, für ihre Freund-
lichkeit."

Eine weitere Woche später, am Samstag fahre ich
dort hin, um nun endlich meine Lieblingsstiefel abzuholen.

Die Mitarbeiterin sieht mich. Nimmt die Stiefel,
reicht sie mir. "Noch 56 Euro müssen sie bezahlen." Ich schaue mir die Absätze an und streiche
mit meinem Finger darüber. Der Absatz löst sich.
Er wurde nicht repariert, sondern nur festgedrückt.
Es war der Kollegin sichtbar unangenehm. Ich
schaue ihr in die Augen und frage sie, ob sie eine
solche Arbeit für diesen stolzen Preis entgegenneh-
men würde. Sie verneinte ...

Nun gut. Meine Stiefel sind also noch immer in der
Reparatur. Ich bin überzeugt, dass ich die bis dahin
vergoldeten schicken Teilchen bald repariert tragen
kann.

Ich weiß es nicht, ob ich noch einmal Lust haben
werde, diesen Schuhmacher in seinem kleinen Geschäft aufzusuchen. Ich entdecke für mich keinen
Mehrwert, es nimmt mir die Lust.

Ich weiß, wie viele Stunden ich gearbeitet habe,
um die Kosten für die Reparatur meiner Stiefel zu
bezahlen. Es sind meine Arbeitsstunden, die ich mit

meiner Leistung erfülle und dafür entlohnt werde.

Und nur dafür.

Wenn ich dieses Geld ausgebe, will ich es in gewissem Maße zelebrieren. Ich möchte also gern für die mir entgegengebrachte Leistung, den Service bezahlen.

So, wie ich im Supermarkt nichts in den Einkaufswagen schmeiße, sondern behutsam hineinlege, weil mir bewusst ist, dass ich für jedes einzelne Stück zuvor an anderer Stelle das Geld dafür erwirtschaftet habe.

Freitags wird gebadet und samstags wird geputzt

Samstag. Ein völlig normaler sechster Tag in der Woche.

Die spätherbstliche Morgensonne drängt durch die großen Fenster des Wohnzimmers und zwingt mich erbarmungslos, zum Staubsauger zu greifen. Und das an einem Samstag.

Mir sitzt das Grinsen im Gesicht. Ich habe keinen festen Tag in der Woche, an dem ich Staub sauge, oder gar einen "Groß-Reinemach-Tag". Und samstags schon überhaupt nicht. Ich bin mit diesem Putztag aufgewachsen. Es hat mich unendlich genervt. Ihr müsst wissen, dass ich aus dieser Zeit komme, an dem samstags noch zur Schule gegangen wurde, wie auch zur Berufsschule oder zum Studium.

Es war für mich ein Graus, wenn ich samstags nach Hause kam und in der Wohnung waren alle Teppiche an den Rändern nach oben geschlagen.

Die Wohnung roch nach Bohnerwachs. Boah, wie ich diesen Geruch hasste. Im Bad stand der Emaille-Eimer mit dem hässlichen Scheuerlappen und in irgendeinem Zimmer wurde der Schrubber diagonal in den Türrahmen geklemmt, damit keiner das frisch gewischte Zimmer betreten mag.

Das war immer an einem Samstag.

Von der ersten Minute an, als ich aus dem elterlichen Haushalt auszog, gab es bei mir niemals einen festen Tag in der Woche zum Putzen. Und wenn ich das zufällig an einem Samstag tue, schlägt es immer die

Brücke zu diesen Samstagen in meiner Kindheit, wie heute.

Auch wenn Regelmäßigkeiten einen diversen Rhythmus versprechen, mag ich es flexibel in meinem Leben.

Sender – Empfänger

Beim Vorbeifahren lese ich "Expert" und ich nehme spontan die nächste Parklücke. Seit ein paar Tagen nahm ich mir vor, einen Elektronikmarkt aufzusuchen. Jetzt endlich will ich das erledigen.

Flotten Schrittes betrete ich das Geschäft. Da ich genau weiß, was ich will, scanne ich zielgerichtet die Regale und schlage die Richtung zu dem Zubehör für Computer, Tablets und so weiter ein.

Der Markt ist mäßig besucht. Ein junger Mitarbeiter kommt auf mich zu. "Kann ich ihnen helfen?", fragt er mich.

"Ja, gern dürfen sie mir helfen. Ich suche einen USB-Stick, den ich kompatibel an meinem Telefon, Tablet und am PC verwenden kann. Also solch einen, mit dem ich meine Daten auf verschiedenen Geräten switchen kann."

Er schaut mich fragend an. "Sie wollen Daten von ihrem Telefon über einen USB-Stick laden?"

"Ja, na klar. Meine Dateien, Bilder, eine Datensicherung etc.", antworte ich ihm.

"Sie haben Bilder auf ihrem Telefon?", fragt er ungläubig.

"Haben sie das nicht?", frage ich zurück.

"Nein. Ich möchte sie noch einmal fragen. Sie

wollen also einen USB-Stick, um den mit ihrem Telefon, dem PC und einem Tablet hin und her zu verwenden?"

"Ja. Das gibt es. Ich weiß es."

"Ich sage ihnen ehrlich. Mir ist es vollkommen neu, dass so etwas mit einem Telefon möglich ist. Was haben sie für ein Telefon?"

"Ein Samsung 8plus", sage ich langsam genervt und neige dazu, mich zu bedanken und mich selbst danach umzuschauen.

"Ach!!!", ruft er erleichtert aus. "Sie meinen ein Smartphone! Warum sprechen sie immer von einem Telefon?"

Gut, er gab mir letztendlich das von mir gesuchte Teil.

War das tatsächlich nur ein Sender-Empfänger-Problem?

Ich fühlte mich in diesem Augenblick verdammt alt. Schließlich komme ich aus einer Zeit, in der ich mit einer Handvoll Kleingeld an der Telefonzelle anstand, um zu telefonieren.

Bye 2019

... willkommen 2020.

Auf keinen Fall beabsichtige ich, Euch mit schwülstigen Zeilen über das nur noch ein paar Stunden weilende fast vergangene Jahr und das kommende mit prall gefüllten Vorsätzen vor uns liegende zu langweilen.

Nehmen wir einfach das, was in den letzten Monaten unser Leben beeinflusste, mit Dankbarkeit und tragen die Erfahrungen, die jeder von uns machen durfte, mit in das, was kommen wird.

Das, was einst war, das war einfach. Wir können daran nichts mehr verändern. Es ist gelebtes Leben.

Das, was kommen wird, das wissen wir nicht. Wir können dem nur mit den besten Vorsätzen entgegentreten.

Nur im Jetzt, in diesem Moment können wir etwas verändern, entscheiden und tun.

Deshalb sende ich Euch jetzt in diesem Moment, zu diesem Zeitpunkt diese Zeilen.

Für Eure Lesetreue bedanke ich mich ganz herzlich. Als ich heute Morgen sah, dass über 10.200 Leser meine Seite besuchen und sich über 250 treue Leser meinen Blog abonniert haben, hat mein Herz einen Freudensprung gemacht.

Also freuen wir uns auf 2020! Denn es wird wieder viel Lesestoff für Euch geben. Und ich habe so einige erfrischende Dinge für Euch geplant.

Lasst uns anstoßen aufs Neue, auf das Jahr 2020. Möge es voller Liebe sein, groß und erfolgreich werden und vor allen Dingen für uns alle friedlich bleiben.

Gebürstet, nicht genagelt

Sie eilt in den Laden. Orientierungslos irrt ihr Blick über die unendlich vielen Regale.

"Kann ich ihnen helfen?", wird sie angesprochen.

"Oh ja, bitte. Ich suche eine Nagelbürste."

Die Verkäuferin wiederholt: "Eine Nagelbürste?"

"Ja. Eine Nagelbürste."

"OK. Dann sollten wir in die Werkzeugabteilung gehen."

Angekommen, zeigt sie der Kundin die Auslagen.

„Hier sind Drahtbürsten in verschiedenen Größen. Aber eine Nagelbürste kenne ich so nicht. Sie meinen, dass die Borsten besonders stark sind?"

Die Kundin schaut die Verkäuferin verwundert an.

„Nein. Ich meine eine Bürste, mit der ich meine Fingernägel bürsten kann."

"Oh, entschuldigen sie bitte. Ich verstand sie nicht richtig. So lassen sie uns bitte in die Haushaltwarenabeilung gehen. Dort finden sie eine reichliche Auswahl an derartigen Bürsten."

...und ich entdecke, dass ich diese Art von Bürsten ebenfalls falsch definiere. Mein Leben lang nannte ich das praktische und immer griffbereite Teil am Waschbecken Handbürste.

Ich übergab das Wort Google. Tatsächlich sind es Nagelbürsten. Jedoch scheint es mehr Leute, wie mich zu geben. Denn unter dem Wort Handbürste werden auch diese korrekt bezeichneten Nagelbürsten angezeigt.

Zum Glück ist das Netz so sehr schlau.

Auto teilen – und so

"Lasst doch ein paar Leute mitfahren in eurem Auto", so neulich ein Kollege auf einem unserer letzten Meetings, als wiederholt die Pausendiskussion aufkam, dass wir alle viel zu oft und viel zu weit herumfahren, um nur einen Auftrag zu erledigen. Er täte das bereits seit langer Zeit.

Nun gut. Ich plante kurzfristig einen Trip nach Dresden und entschied mich, das Ganze auszuprobieren. Ich meldete mich bei BlaBlaCar an und gab meine geplante Reise online in das System ein.

Nun gut, ich entschied mich, das nur mit der Rückreise zu testen.

Kurz nachdem ich das freigegeben hatte, meldete sich die erste Mitfahrerin.

Ich kam Anna entgegen und versprach, sie vom Bahnhof abzuholen. Dieser liegt fast auf der Strecke. Das ist für mich in Ordnung. Sie wollte bis Ansbach mitreisen.

In der Nacht vor der Rückfahrt von knapp sechshundert Kilometern meldeten sich noch zwei Interessenten.

Ein junger Mann wollte noch ungefähr einhundert Kilometer weiter als Anna und eine Dame bis Neu-Ulm.

Gut. Also nahm ich in den frühen Morgenstunden Kontakt mit den Zweien auf.

Michael war bereit, von einem Ende zum anderen in Dresden mit der Straßenbahn zum Treffpunt zu kommen. Tanja wollte mitten in Bayreuth abgeholt werden und zu einer bestimmten Adresse in Neu-Ulm gebracht werden. Das lehnte ich ab.

Ich glaubte, alles erledigt zu haben, als mein Smartphone einen Anruf signalisierte.

Michael wusste nicht genau wie er zum Treffpunkt kommen könne. Ich erklärte es ihm und versprach, ihn von der Haltestelle der Straßenbahn abzuholen. Gut, fertig. Dachte ich.

Eine WhatsApp wurde signalisiert. Ich schaue nach. Aha, Anna. Es gibt einen Verletzten im Zug. Man warte auf den Notdienst. Der Zug käme später an. Ich tippe zurück. Dass ich eine halbe Stunde geben könne.

Jetzt alles gut, so mein Gedanke.

Nein. Michael ruft an. Er käme bereits zehn Minuten vor dem Treff. Er wollte nur Bescheid geben.

"Dankeschön.", sage ich freundlich.

Jetzt noch schnell einen Kaffee und dann los! Befehle ich mir.

Eine WhatsApp. Anna: Sie schaffe es nicht. Der Zug würde noch stehen.

Ich kann nicht warten. Tippe ich zurück. Michael müsse bereits 14 Uhr bei einem Termin sein. Die Fahrt war bei BlaBlaCar so angemeldet.

Anna tippt: Schade.

Ich mache mich bereit und will gehen. Mein Smartphone klingelt.

Anna: "Der Zug fährt wir kommen fünf nach an. Geht das noch?"

"Ja, Anna alles gut. Ich hole dich am Bahnhof ab."

Ich entschließe mich, noch schnell tanken zu fahren. Ich steige ins Auto. Die Freisprecheinrichtung meldet einen Anruf.

Michael: "Ich wollte nur sagen, dass ich an der

Haltestelle warte."

"Ist gut. Ich bin in fünf Minuten da."

Ich lege das Phone beiseite und sehe eine WhatsApp.

Anna: Es geht alles klar. In zehn Minuten ist der Zug da. ...

Und so war ich den ganzen zeitigen Morgen beschäftigt.

Beide waren taktvolle und sehr angenehme Mitfahrer. Anna freute sich, dass wir pünktlich ankämen und sie ihren Tanzkurs besuchen könne.

"Boggie-Woggie", erklärte sie auf meine Frage.

Eigentlich sei sie nur für ihre Schwester einge-
sprungen. Sie habe keine Lust mehr gehabt. So
tanzt sie inzwischen mit ihrem Schwager. - An der
Autobahnabfahrt wird sie von ihrer Schwester abgeholt. Sie umarmt mich zum Abschied. Für neun-
zehn Euro ist sie von Dresden bis Ansbach komfor-
tabel gereist.

Michael ist nervös.

"Schaffen wir das bis 14 Uhr?", fragt er.

"Wenn es uns die Straße erlaubt, werden wir
pünktlich sein.", sage ich und frage, weshalb er so
sehr pünktlich sein muss, wenn er seinen Sohn besuchen darf. Er könne doch der Mutter Bescheid
geben, dass es ein paar Minuten später werden
könnte.

"Mein Sohn ist im Heim."

"Oha. Hat er ein gesundheitliches Problem?"

"Nein. Er kam mit dem Neuen meiner Ex nicht
klar.", stößt er aus.

"Warum hast du ihn nicht zu dir genommen?",
frage ich.

"Ich bin nicht erziehungsberechtigt.", sagt er leise.

"Hm, er mag dich?"

"Ich weiß es nicht.", flüstert er.

"Das verstehe ich nicht. Erkläre es mir."

"Ich sehe ihn seit vier Jahren das erste Mal. Wir

hatten nur Kontakt über WhatsApp ab und zu.", er macht eine kurze Pause und ergänzt: "Und für heute habe ich zwei Stunden Besuchszeit bekommen."

Ich muss darüber kurz nachdenken.

"Freust du dich?"

"Ja."

Ich schaue auf die Navigation und sage: "Wir schaffen das ziemlich auf den Punkt."

Ich spüre, wie er mich von der Seite ansieht.

"Petra, nimm mich mit bis zur nächsten größeren Stadt. Ich kann da nicht hingehen."

"Höre auf mit dem Quatsch!", sage ich. „Du bist jetzt fast über vierhundert Kilometer gefahren. Du hast dich gefreut. Ach, sag mal, wie alt ist dein Sohn?", frage ich.

"Vierzehn.", und er ergänzt: "Nimm den Weg in deine Richtung und lasse mich an der nächsten größeren Stadt raus."

"Michael, ich lasse Dir jetzt fünf Minuten zum Nachdenken. Er nimmt seine Kopfhörer und schaltet Musik vom Smartphone zu. Er hat die Hosen voll, denke ich. Je näher wir kommen, desto aufgeregter ist er.

"Ich habe nachgedacht.", höre ich ihn. "Kommst du mit rein?", fragt er mich unvermittelt.

"Oha, wie meinst du das?"

"Ich kann da nicht allein reingehen. Wenn du dabei bist ... Bitte komme einfach mit."

Ich muss schlucken. Boah, was ist das denn? Was tue ich?

"Gut, ich komme mit." Warum ich mich so entschied, weiß ich bis heute nicht. Es war eine Entscheidung aus dem Bauch heraus.

Wir kamen nur fünf Minuten zu spät. Der Junge wartete im Foyer. Die Männer gingen aufeinander zu, sahen sich in die Augen. Schlugen sich immer wieder auf die Schultern und Arme. Sie umarmten sich. Ich musste mit den Tränen kämpfen, als ich Michaels Blick auffing. Ich hob meine Hand zum Gruß und ging hinaus in den strömenden Regen.

Meine Finger suchen auf der Navigation meine Adresse. Ich nehme einen großen Schluck Mineralwasser, wickele meinen Schal um die Schultern, starte mein Auto und fahre los.

Noch zu erwähnen wäre, dass Michael 22 Euro für seine Fahrt bezahlte. - Ich nenne diese Preise, weil BlaBlaCar einen nicht kommerziellen Zweck verfolgt. Und ich denke, nirgendwo kann man günstiger und komfortabler reisen, als auf diese Weise. Zum Beispiel vierzig Kilometer für einen einzigen Euro. Ich habe diese Fahrt eingetragen und habe es überprüft. Ich habe keine Ahnung, was es mit dem Überlandbus kosten würde. Aber ich bin mir ziemlich sicher, nicht nur einen Euro. Bei 120 Kilometer bis nach Zürich ist man bereits für fünf Euro dabei.

Ich fuhr in strömendem Regen und hielt mich an meinem Coffee-to-go hell wach. Es war eine verdammt anstrengende Fahrt.

Bereue ich diese Erfahrung? Nein. Jedoch gehört eine Portion "Glauben an das Gute" dazu, es zu wiederholen. Neben dem Zeitfaktor, dem Hineinfühlen in die Menschen, die doch sehr nahe in Deinem Auto sitzen, kommen noch die positiven Argumente, das Auto mit anderen geteilt zu haben. Denn wie in meinem Fall wären theoretisch zusätzlich zwei weitere Fahrzeuge unterwegs gewesen. Nun gut und meine Tankrechnung wurde um 41 Euro gemindert …

Gretchenfrage

Kein Tag vergeht, an dem wir nicht in irgendeiner sinnigen oder unsinnigen Weise daran erinnert werden. Und ich neige dazu, gerade dann, wenn mir irgendein Thema derart suggestiv untergejubelt wird, "dicht" zu machen. Und da gibt es verdammt viele Dinge. Ich will diese hier nicht auflisten. Heute soll es mal nur eines davon sein. Das ist im wahrsten Sinne des Wortes die Gretchenfrage. Bei Regenwetter in einen Buchladen zu gehen, um ein Buch zu kaufen und nicht die passende regenfeste Tasche dabei zu haben, ist wirklich nicht zu empfehlen. Mir wurde eine Papiertüte angeboten. Tragetaschen oder Tüten aus Kunststoff gäbe es in dieser Buchhandlung nicht mehr. ... Gut, das Buch blieb also für den nächsten potentiellen Kunden, der auf alle Shopping-Eventualitäten vorbereitet das Haus verlässt, oder eben für Schönwetterkunden. - Ich bekomme jetzt ganz schnell die Kurve und lasse mich nicht in das Thema des bequemen Online-Shoppens ablenken. Auf der Suche nach dem Lieblingskatzenfutter sprang ich in einen der großen Supermärkte. Ich düste durch die Kosmetikabteilung und verharrte kurz, da mich die Farbkombination eines

Lidschattens anzog. Also landete es im Einkaufswagen. Im gleichen Atemzug machte sich auf meinem Gesicht ein Grienen breit. Dieses kleine Schächtelchen war wie oft so verpackt, dass mich das zu Hause beim Auspacken wieder aufregen wird. Das bereits verpackte Produkt in eine harte Folie geschweißt und um diese eine bedruckte Pappe ... Das auszutüteln ist ein Erlebnis für sich.

Aber was ist die Gretchenfrage? Muss das kleine Ding derart verpackt sein? Was denkt sich der Hersteller dabei? Die machen das doch nicht ohne einen Grund. Vielleicht hat es etwas mit der Logistik zu tun?

Das Ding muss aus China zu uns kutschiert werden und soll funktionstüchtig bleiben. (Auch hierzu halte ich mich jetzt bewusst total zurück.) Es muss in den Handel über viele Wege sortiert, verteilt und transportiert werden. Und letztendlich hängt es an dieser bedruckten Pappe am Haken im Supermarkt, wo wir es sehen und kaufen. Also: Sinn oder Unsinn?

Mein Kaffee Latte am Nachmittag war total lecker. Den aufgeweichten und verbogenen blau-weiß gekringelten Trinkhalm legte ich beiseite, rührte mit dem langen Löffel im Glas und trank das köstliche Getränk. Kunststoffhälmchen ist nicht mehr, also lasst das Ding einfach ganz weg. Pappe im heißen Kaffee ist definitiv uncool.

Wir werden täglich mit diesem Thema konfrontiert. Der Morgensender wird uns sagen, dass Greta die Klimakonferenz in New York in einer dreiwöchigen Reise mit einer komfortfreien Segelyacht erreichen will - ganz CO_2-frei. ... ist es aber nicht.

Ich werde mich im Badezimmer über die neuen Wattestäbchen ohne ein Plastikteilchen (übrigens aus einer Kunststoffschachtel) ärgern, die nicht das tun, was ich erwarte. Ich werde also eine andere Sorte probieren müssen.

Die aufgebrauchte Flüssigseife fülle ich mit einem Nachfüllpack nach, das ich anschließend auf ein Minimum zusammenrolle und entsorge. Das tue ich seit vielen Jahren auf diese Weise.

Meinen Kaffee presse ich durch eine Kunststoffkapsel und fülle diesen in meinen verschließbaren Kaffeebehälter, um diesen in meinen Tag mitzunehmen.

Die vielen Kilometer, die ich täglich dienstlich fahren muss, werde ich in meinem fünf Jahre alten Diesel bewältigen ...

Wir werden in den Nachrichten von den vielen

sinnigen oder unsinnigen Vorschlägen der einzelnen Politiker und deren Parteien hören. Es ist ein populäres Thema, das gern aufgegriffen wird. Wir werden hören, dass Produzenten in die Verantwortung genommen werden sollen. Sie sollen dafür Abgaben leisten, denn sie sind doch schließlich die, die das den potentiellen Endverbrauchern zur Verfügung stellen.

Das erinnert mich an meinen Vater, der einst in der Nähe eines McDonald wohnte. Ihn regte der viele weggeworfene Müll auf der Straße vor seinem Haus derart auf, dass er alles einsammeln wollte, um es der Filiale vor die Tür zu schmeißen.

Nur ist nicht McDonald, der alle Voraussetzungen für eine ordentliche Entsorgung leistet, daran schuld. Es sind die Konsumenten, die Endverbraucher, die Menschen, die so handeln.

Genauso ist nicht der Zigarettenhersteller der Schuldige, der die Kippen auf die Straße schmeißt, es ist der Verbraucher. Die Verursacher sind die Menschen, die Raucher, die das tuen. (Ich bin übrigens Nichtraucher.)

Kein Dogma, keine Strafen, keine Abgaben ... ergeben aus meiner Sicht Sinn. Das gesamte Thema muss durch die Köpfe und Herzen der Menschen. Es muss verstanden werden wollen, dann mündet es in sinnvollem Handeln.

Achtet einfach auf die kleinen Dinge, die Euch be-
gegnen. Sicher könnt Ihr hier und da bewusster im
Sinne unseres einst blauen Planeten, unserer aller
Erde, handeln.
Muss etwas neu angeschafft werden, so denkt dar-
über nach, was es sein wird.
Dinge auf Teufel komm raus zu entsorgen oder zu
verschrotten, zum Beispiel versüßt mit einer Ab-
wrackprämie, sind wertvolle Ressourcen auf den
Müllberg geworfen.

Ein Clown! Wie lustig!

Wie gebannt starre ich das Bild dieses Clowns an. Für mich ein vollkommenes Abbild eines solchen, geschlüpft in eine Rolle, in eine (seine) Sehnsucht geflüchtet.

Schon als Kind sah ich in einem Clown meistens einen traurigen Menschen. Keine Maske verhalf, die innere Zerrissenheit, Nöte und Ängste zu verstecken.

Solch ein Clown wirkte auf mich arm. Das Kostüm meistens alt und das Gesicht mit einem Ausdruck, der mich zum Lächeln zwang, um ihm einen Gefallen zu tun.

Solch ein Clown stimmte mich eher traurig, als lustig.

Aber, sind wir nicht alle irgendwie Clown? Selbstdarsteller und Kreative beim Erschaffen von Identitäten in unseren Arenen und auf unseren Bühnen? Wer bist Du? Wer bin ich?

Ich bedanke mich herzlich bei der großartigen Künstlerin Sabine Grötzbach, deren Bild des Clowns ich sah und das diese Gefühle in mir wachrief.

Sie erlaubte mir ohne Zögern, dieses Blog zu schreiben, als ich sie fragte.

Einfach mal die Fliege machen

"Ich fühle mich gerade verarscht", unterbricht er die eisige Stille am sonntäglichen Frühstückstisch. Sie sitzen sich gegenüber. Jeder würgt seine Brötchenhälfte herunter. Wie immer: Er die obere, sie die untere Hälfte. Er mit heißer Schokolade, sie mit einem starken Kaffee.

"Wer verarscht dich?", fragt sie.

"Ich hatte das schon alles. Muss ich nicht wiederhaben."

"Was meinst du?"

"Stehst den frühen Morgen mit deinem Telefon im Bad und tippst irgendetwas! Wer soll deine Ausrede glauben?" Nach einer kurzen Pause: "Wenn da was ist, sag Bescheid! Dann mach' ich die Fliege."

"Dann machst du die Fliege?", fragt sie nach ein paar Sekunden nachdenklich.

Okay, als er sie am Morgen im Bad beim Tippen auf ihrem Handy erwischte, hätte sie sich wahrlich besser eine Ausrede einfallen lassen können. Auch wenn ihre Begründung stimmen mag, ist sie doch etwas dämlich.

"Denkst du, ich habe nicht bemerkt, dass du immer die Seiten auf deinem Telefon schließt, wenn ich in deiner Nähe bin?", gibt er von dumpfer Ahnung getrieben noch zu.

Sie sagt nicht, dass da etwas ist.

Sie sagt nicht, dass da etwas nicht ist.

Sie lässt das frei im Raum stehen.

Ich spüre, wie er mit sich ringt, die Frage konkret zu stellen. Er tut es nicht.

Und ich spüre, wie sehr sie seine Reaktion auf diese Situation quält.

Einfach mal die Fliege machen.

Vielleicht befreit es ihn, aus einer inzwischen mehr freundschaftlich-kumpelhaften als einer Liebesbeziehung begründet zu entkommen?

Kampflos die Fliege machen?

Türe zuschlagen und abhauen?

Als sie gingen, um ihrer Tagesbeschäftigung nachzugehen, blieb Unausgesprochenes im Raum und nicht in Worte gefasste echte Gefühle.

Badezimmergenießer

"Kein Mensch braucht eine solche Ewigkeit, wie du! Du vertrödelst einen Haufen Zeit! Ich frage mich, wie lange du im Bad brauchst! Was machst du dort so lange?", nörgelt und nervt er. Sie dreht die Augen nach oben, brabbelt irgendetwas und wendet sich von ihm ab.

Neulich:

"Ich liebe meine Zeit im Bad. Weißt Du, ich brauche immer eine Stunde. Das Bad ist für mich ein heiliger und wichtiger Raum ...", schwärmt mein Vater, als er mir seine neue Wohnung präsentiert. Ich muss grinsen. Jetzt weiß ich, woher ich das habe.

Das Badezimmer ist auch für mich viel mehr als nur der Ort für Hygiene und Styling. Es ist ein Platz des Abtauchens, meinen Gedanken freien Lauf lassen können. Zeit, die nur mir ganz allein gehört.

Und für alle Badezimmergenießer: Ein klares Nein! Es gibt keinen Grund, sich dafür rechtfertigen zu müssen.

Was will uns ein Fußkettchen sagen?

Es ist unglaublich, was ich soeben im Netz gelesen habe.

Ich liebe Fußkettchen. In meinen Augen unterstreicht es die Weiblichkeit. Meine Beobachtung zeigt, dass Frauen, die Fußkettchen tragen, anders gehen. Sie bewegen sich bewusst als Frau.

In Vorbereitung dieses Blogs recherchierte ich kurz im Web. Ich staune, woher die Leute ihre Weisheiten nehmen.

Dort las ich, dass Frauen, die ihre Fußkettchen rechts tragen, mit Erlaubnis ihres Mannes weitere männliche Kontakte haben dürfen.

Eine andere Weisheit ist, dass die, die ihr Kettchen rechts tragen eher Linkshänder sind und eben genau umgekehrt, die ihr Kettchen links tragen, Rechtshänder sind.

Ich las, dass Frauen mit Fußkettchen sexuell freizügig seien und es damit demonstrieren. ... und so weiter und so fort.

Eines ist Tatsache: Bereits aus den Geschichten um 1000 und eine Nacht konnten wir beobachten, dass Frauen Fußkettchen trugen. Im Orient oder Indien waren diese Kettchen tänzerische Ausdrucksformen, zum Teil mit Glöckchen. Sie gehörten als weibliche Accessoires einfach dazu.

Es gibt einen russischen Film aus dem Jahr 1975.

In diesem Film faszinierte mich als junges Mädchen die Ausdruckskraft von Frauen und Mädchen mit ihren Accessoires. Ich habe diesen Film geliebt „Das Zigeunerlager zieht in den Himmel".

Nun, ich mag meine Fußkettchen und ich trage diese irgendwie immer. Und das alles, ohne mir irgendwelche Gedanken darum zu machen, welche Bedeutung diese haben könnten.

Ich liebe es einfach, Frau zu sein und Accessoires zu benutzen.

13. Februar

Heute ist wieder ein 13. Februar. Und wieder tragen mich meine Gedanken in diese wunderschöne Stadt: Dresden

Vor vier Jahren schrieb ich diesen Beitrag. Der heutige Tag soll Anlass sein, ihn nochmals auf Euren Weg zu geben. Denn nichts, aber auch überhaupt nichts, hat sich an der Aussagekraft seitdem geändert.

Möge sich das, was damals in dieser Welt geschah, niemals, niemals! wiederholen.

Herzlich, Eure Petra Kolossa.

"Ich will euch etwas erzählen. Etwas, das wir niemals vergessen dürfen. Ihr habt es zum Glück nicht erlebt und sollt das niemals erleben. Aber ihr sollt dafür sorgen, dass so etwas niemals mehr geschehen wird. Hört zu. Ich war mittendrin. ... ", so begann Frau Kunath, meine damalige Klassenlehrerin. Es war in der ersten oder zweiten Klasse vor über fünfzig Jahren. Die dunklen Augen in dem sonst so fröhlichen runden Gesicht der kleinen Frau füllten sich mit Tränen und sie sah so sehr traurig aus. Diese Situation hat sich in mir eingebrannt, weil ich zu diesem Zeitpunkt davon das erste Mal erfuhr.

Jedes Wort saugte ich in mir auf. Sie schilderte uns kindgerecht, wie schrecklich die Bombennacht auf Dresden war.

Sie erzählte uns von den Ängsten der Menschen, der wahnsinnigen Hitze der brennenden Stadt und den folgenden zwei weiteren sinnlosen Bombenabwürfen auf das bereits in Trümmern liegende, brennende Dresden.

Sie erinnerte sich, wie sie mit ihrer Mutter durch die kaputten Straßenzüge ging und sich wunderte, weshalb die Leute in dem entgleisten Straßenbahnwagen schliefen. Die starken Druckwellen nahmen den Menschen das Leben.

Sie erzählte uns auch, wie stark die Dresdner waren, wie sie mit ihren Händen und dem Wenigen, was noch war, ihre Stadt Stein um Stein aufbauten. Wie vor allem Frauen, die Trümmerfrauen, schufteten, weil viele Männer nicht aus dem Krieg zurückkamen und mit anpacken konnten.

Jedes Jahr, wenn sich der 13. Februar nähert, denke ich an diese Episode, die sich in mein Bewusstsein bis heute eingebrannt hat. Jedes Jahr, solange ich in Dresden lebte, ging ich, wie so viele andere Dresdner, zur Ruine der Frauenkirche, ein Symbol, ein Mahnmal an diese Bombennacht.

Lange konnte ich den Neuaufbau der Frauenkirche

nicht akzeptieren, ich war zerrissen eben aus diesem Grund. Im Jahr 2003 hatte ich die Gelegenheit noch während der Bauphase die Kirche von innen zu sehen. Als meine Hände über das helle, warme Holz im Inneren glitten, versöhnte ich mich allmählich. Heute ist diese Kirche für mich ein wunderbares Kunstobjekt, hell, warm, positiv und einladend. Heute ist wieder ein 13. Februar. Meine Gedanken

sind in meiner Heimatstadt und ich weiß, dass 22:00 Uhr wieder alle Glocken in der Stadt läuten und ich um diese Zeit einen Herzschlag Zuhause sein werde.

Die politische Situation in Europa, in unserem Land und auch in Dresden ist prekär, wie seit langem nicht. Das wird sicher jedem von uns bewusst sein. Mich quält jedoch, dass solch ein Tag wie dieser, von jeglichem politischen Couleur benutzt und missbraucht wird, um Aufmerksamkeit auf sich zu lenken. Die einen blauäugig, die anderen spekulativ, die nächsten provokant - gar aggressiv, andere suggestiv ...

Lasst den Dresdnern diesen Tag, um zu gedenken und sich selbst das Versprechen zu geben, dafür Sorge zu tragen, dass derartige Sinnlosigkeiten wie am 13. und 14. Februar 1945 in Dresden nie wieder geschehen werden.

Die Sache mit dem Hut

Geplagt von einer wahnsinnig anstrengenden Licht-
empfindlichkeit, kam mir heute die Idee, einen vor
zwei oder drei Jahren erstandenen Sommerhut
auszukramen und diesen als Schutz vor der zurzeit
für mich quälenden Helligkeit zu tragen.

Am Morgen schwätzte ich mit meiner Freundin darüber und sie sandte mir via WhatsApp ein paar Bilder, um mir zu beweisen, wie bescheuert sie mit
Hut aussähe.

Okay, ihr gewählter Hut ist sicher nicht der opti-
male, aber meiner auch nicht.

Ich erinnere mich, wie schwer es mir fiel, einen Hut
zu finden, der zu mir passt, in dem ich mich wohl
fühle und ich mit meinen "eins achtzig" auch noch
bereit bin, ihn zu tragen. Das ist mir halbherzig ge-
glückt.

Letztendlich entschied ich mich für einen der schon
irgendwie geht. Und was geschieht mit irgendwie?
Genau. Das Teil lag, lag, lag und lag bis heute und
wartete darauf, genutzt oder entsorgt zu werden.

Gut, nun wird es erst einmal einen praktisch sinn-
vollen Zweck erfüllen.

Das gleiche Dilemma widerfährt mir Jahr für Jahr in
der kalten Jahreszeit. Ich gehöre zu denen, die

keine Mütze oder dergleichen besitzen. Bisher schaffte ich es nicht, eine zu finden, die ich auch nur annähernd tragen würde. Die Winter überlebe ich mit wuscheligen Stirnbändern, Tüchern, Schals und Kapuzen.

Ich bin mir vollkommen sicher: Ich habe kein Hutgesicht!

So beim Tippen packt mich das Thema so langsam und macht mich neugierig. Ich glaube, dem werde ich mal etwas tiefer auf den Zahn fühlen. Schließlich gibt es Länder, in denen es keine Frau ohne Hut zu geben scheint.

In Deutschland ist der Hut seit den Fünfzigern oder Sechzigern, wohl nicht mehr recht zum Zuge gekommen. Ja, warum eigentlich? Gibt es den Beruf der Putzmacherin, des Putzmachers überhaupt noch?

Gerade muss ich grienen. Mein Opa lüftete immer seinen Hut, wenn er einer Frau begegnete. Das fand ich als kleines Mädchen recht witzig.

Mein Vater trug zu dieser Zeit ebenso einen. Jedoch glaube ich, er tat das nicht. Es war der Beginn einer neuen Ära, in die die Frau selbstbewusst ging. Und der moderne Mann das damals bewusst oder unbewusst akzeptierte. Diese höfliche Geste verlor sich völlig. Davon abgesehen, ist der Brauch des Hutlüftens aus einer ganz anderen Zeit. Man wollte demonstrieren, dass man in Frieden komme und unter dem Hut keine Waffe oder dergleichen versteckt habe.

Nun gut, ich stamme aus einer Zeit, in der ich brav einen Knicks zu machen hatte, wenn ich Erwachsenen gegenübertrat. Peinlich berührt erwischte ich mich noch als Fünfzehnjährige dabei. Aber das ist ein ganz anderes Thema.

In Sachen "Hut" werde ich mich mal schlauer und auf die Strümpfe machen. Gewiss gibt es irgendwo einen Experten oder eine Fachberatung. Vielleicht sogar eine Boutique, in der nach Herzenslust probiert werden darf ...

Die Sache mit dem Hut und dem Shopping

Es ist ein weiteres Jahr durchs Land gezogen. Und Ihr ahnt es bereits: Ich habe noch immer keinen Hut.

Nicht, dass Ihr glaubt, mein Interesse an solch einer edlen Kopfbedeckung habe sich im Nirwana verloren. Nein, nein! Das ist nicht der Fall. Fakt ist, dass ich mir nach wie vor selbst im Wege stehe. Tatsächlich sehe ich meine Größe von knapp 180 cm als echte Herausforderung.

Selbst ohne eine Kopfbedeckung komme ich als recht auffällige Person daher.

Hier im Süden unseres Landes scheinen die Menschen kleiner zu sein als im Norden.

Als ich vor einigen Jahren den Weihnachtsmarkt in Oldenburg besuchte, fühlte ich mich wirklich aufgehoben. Irgendwie schaute ich die meisten Menschen von unten oder auf Augenhöhe an.

Hier werde ich in den meisten Fällen von unten angesehen, oder aus meiner Sicht: Ich schaue auf die Menschen herab. Aber okay, das ist eine andere Geschichte. Fakt ist nur, dass ich mit einem Hut noch größer sein werde, so denke ich.

Und da liegt des Pudels Kern. Ich werde größer erscheinen und noch auffälliger. Heh! Will ich das?

Auf jeden Fall nicht immerzu.

Am 06. Mai 2018 wurde wieder die Deutsche Hutkönigin in Lindenberg gekürt.

Ja, na klar, ich war dort. Es ist einfach faszinierend, dieses Spektakel zu erleben. Lindenberg lebt zu dieser Zeit "Hut".

Bis heute werden Hüte in zwei traditionsreichen Fabriken produziert. Ein Geschäft, das der Mode völlig unterworfen ist. Ich denke, dass es kein Modeaccessoires gibt, das ein derartiges auf und ab erlebt, wie der Hut.

Jedoch an den Tagen, an denen ihre Königin gewählt wird, scheint es, als sei der Hut das absolute Muss.

Alle Kandidatinnen, die sich zur Wahl stellten, waren aus meiner Sicht betrachtet, kleine Frauen. Ich stand auf dem Marktplatz unter Hunderten anderer Menschen und verfolgte die Veranstaltung.

Ihr ahnt es schon. Richtig. Ich wurde oft gebeten, an den Rand zu treten, damit auch andere einen guten Blick zur Bühne haben.

Meine Freundin sagte neulich, ich solle es mal mit einer Kappe versuchen. Solch ein Teilchen sei total schick und edel und mache nicht größer. Sie habe das kürzlich bei „Hutshopping" im Internet gesehen und gleich an mich gedacht.

Eine Kappe? Und da kam mir gleich in den Sinn, dass ich solch eine vor ein paar Jahren günstig kaufte, um zu probieren, wie mir ein derartiges Teil steht. Diese war etwas groß und rutschte mir vom Kopf. Ich suchte das Teil gleich mal raus, um noch einmal zu sehen, wie mir das steht. Nun ja, nicht perfekt, aber es ist doch mal ein Anfang!

Jetzt habe ich riesengroße Lust und werde mich durch diesen Shop kämpfen und mir eine Auswahl kommen lassen.

Das ist für mich der richtige Weg, in aller Ruhe vor dem Spiegel zu testen, herauszufinden, was genau mein Ding ist. Hach, wie schön zu wissen, wo ich dann vielleicht meine Hüte herbekomme.

Wie ist es bei Euch? Habt Ihr Eure Favoriten?

Kürbisökonomie

Vor ein paar Tagen spulte ich mich die Serpentine von Lindau aus kommend in die Bayerischen Höhen. Bei etwas über 800 Metern liegen um Lindenberg herum kleine Orte idyllisch eingekuschelt, die sicher jedes Touristenherz höherschlagen lassen. Als der goldene Herbst mit seinen noch recht warmen Temperaturen die Menschen in die Straßencafés lockte und sich eine urige Gemütlichkeit breit machte, besuchte ich diese Region das erste Mal. Jetzt lauern die Einheimischen routiniert auf die Wintersaison.

Das Angebot der Händler und Gastronomen ist schon heute auf die zu erwartenden Feriengäste eingestimmt. An den Straßenrändern staken zwei Meter hohe Begrenzungen für die Schneepflüge. Alles klar, möge der Schnee recht bald Einzug halten.

In einem dieser kleinen Orte traf ich den Bürgermeister. Ein Mann, Anfang vierzig, ein natürlicher Typ mit wachem Blick, ein Sympathieträger.

Wir unterhielten uns über Gott und die Welt. Seine bildhafte Sprache faszinierte mich.

Er schenkte uns noch eine Tasse Kaffee ein.

Schaute mich an:

"Wissen sie, was mich verrückt macht?", fragte er

mich. Ich schüttelte den Kopf.

"Nein. Was ist es?" Er stellte seine Kaffeetasse hart auf dem Teller ab.

"Dass die da oben keine Ahnung haben, wie Kommunalpolitik in der Praxis funktioniert. Die hören nicht zu! Die sollten mal fragen! Die sollten mal vor

Ort kommen!"

Ich hob die Augenbrauen und wollte ihn nicht unterbrechen. Er erklärte mir, dass die in den Gemeinden das auszubaden haben, was da "oben" irgendwie verzapft wird. Und das Verrückte an der Sache sei, dass die Gemeinden das auch irgendwie immer hinbekommen haben.

"Wir haben es mit Menschen zu tun! Egal, von wo die kommen, ob von hier oder von da. Nur ticken Menschen so, dass sie Gerechtigkeit einfordern. Es ist wie mit Kindern. Egal wie, sie wollen gleich und gerecht behandelt werden, und das mit Recht!", betonte er.

Sie hätten es hier schon immer mit Flüchtlingen oder Asylsuchenden zu tun. Das Thema sei für sie nicht neu. Und sie hätten das immer hinbekommen. Es brauche aber Zeit, einige Jahre Zeit! Aber das, was ihnen hier in diesen kleinen Orten übergestülpt wurde, überschreite die Grenzen.

"Wissen sie", erklärte er mir "es wird immer vergessen, dass diese Menschen eine eigene Kultur haben. Und das nicht erst seit kurzem. Die Leute ticken einfach anders. Wir können sie nicht umfunktionieren. Sie verstehen es einfach nicht. Wie auch!" Er guckte mich an und erklärte:

"Der Landwirt hat zum Beispiel ein Feld mit 3000 Kürbissen. Bei uns ist alles geregelt. Es gibt Stundenlohn, es gibt eine vertraglich vereinbarte Arbeitszeit, Arbeitsschutz, Gesetze über Gesetze. Im arabischen Raum funktioniert das so nicht. Und die Leute, die von dort kommen, können mit Stundenlohn und starren Zeiten nichts anfangen!" Ich sah ihn fragend an und er sprach gleich weiter.

"Im Arabischen, wo ja die meisten Leute herkommen, geht das so: Der Bauer sagt: 'Da ist mein Feld. Da sind 3000 Kürbisse. Die müssen geerntet werden. Dafür bekommst du soundso Geld.' Was macht derjenige? Der holt sich einige Leute ran, sagt denen, da sind 3000 Kürbisse, die müssen geerntet werden, du bekommst soundso Geld und fertig. Es wird gearbeitet, bis alles erledigt ist. Dann setzt man sich zusammen. Derjenige teilt sein Geld und gut. So oder so ähnlich funktioniert das seit Generationen! Das machen die schon

immer so! Die können mit Stundenlohn und festge-
schriebener Arbeitszeit nichts anfangen. Sie verstehen das auch nicht."

Er wirft seinen Kugelschreiber, mit dem er unbewusst auf der Tischplatte herumklopfte, als müsse
er seine Worte damit erhärten, ein paar Zentimeter
über den Tisch. Seine Hände liegen nun ver-
schränkt völlig ruhig auf dem Tisch. Mit gerader
und entspannter Körperhaltung sieht er mich an:
„Also, sie hatten Fragen. Machen wir weiter..."

Zwischen den Valentinstagen

Vor etlichen Jahren noch war dieser Valentinstag aus meiner Sicht wieder einmal ein Schwapp über den großen Teich. Eine völlig überflüssige und kommerzielle Aktion, die ich ablehnte. Diesen ganzen Hype um den Tag konnte ich nicht nachvollziehen und ich blockte ab. Schließlich machte ich nicht das, was alle taten und vor allem wollte ich mir nicht zusätzlich auch noch in Sache Liebe irgendetwas vorschreiben lassen.

Kurz und gut: Valentinstag war damals für mich tabu und total doof.

Inzwischen mag ich den Valentinstag. Ich mag die Vorstellung, dass dieser Tag global begangen wird. Wenn ich bedenke, wieviel positiv angereicherte Energie weltweit am 14. Februar freigesetzt wird! Es kann nur ein fantastischer Tag sein.

Als ich las, dass es den Gedenktag für den heiligen Valentinus bereits seit dem Jahr 469 gibt, war ich ziemlich überrascht.

Es ist also keine Erfindung der Floristen, wie ich häufig hörte und las. Es ist nur clever, dass diese den Tag zum Anlass nehmen, um für ihr Produkt zu werben.

"Die Feierlichkeiten, Traditionen und Bräuche zum

Valentinstag entwickelten sich seit der frühen Moderne in England. Im 19. Jahrhundert verbreiteten sie sich in der englischsprachigen Welt, durch Auswanderer auch in die Vereinigten Staaten, und seitdem späten 20. und frühen 21. Jahrhundert darüber hinaus, bis nach Ostasien." (Zitat wikipedia)
Ich musste mich außerdem belehren lassen. Der Ursprung kommt nicht aus den Vereinigten Staaten, sondern aus England.

Vor zwölf Jahren skizzierte ich im Rahmen meiner Werkgruppe "Kätz" die "Verknallten Kätz". Ein paar Monate zuvor entstanden "Gentleman-Kätz" und "Lady-Kätz". Es waren damals noch Einstrich-Zeichnungen.

Inspiriert wurde ich durch den Valentinstag. Die Skizzen wurden digital zu Vektorgraphiken verarbeitet und auf T-Shirts, Hemden, Blusen, Tops und andere Textilien in Flock- und Flex-Druck gepresst.

Fast zehn Jahre später griff ich das Thema wieder auf und malte die beiden Kätz. Es waren übrigens die letzten von dreizehn Kätz-Bildern, die bisher auf etlichen Ausstellungen national und international zu sehen waren.

Ich kann es heute noch nicht sagen, ob ich jemals diese Werkgruppe mit weiteren Bildern erweitern werde. Es liegen noch viele Skizzen und Motive aus dieser Zeit in meinem Archiv. Die verknallten Kätz fanden übrigens noch nicht den Weg auf die Leinwand.

Gestern war also wieder ein 14. Februar - Valentinstag.

Nun liegt ein ganzes Jahr bis zum nächsten Valentinstag vor uns. Machen wir doch einfach diese Tage dazwischen zu kleinen Höhenpunkten.

Zeigen wir es dem, den wir lieben so oft wie es uns möglich ist mit kleinen Gesten.

Kaffee – ein Dilemma

Coffee-to-go - Eine der dämlichsten Angewohnheiten, die ich mir vor ein paar Jahren an Land gezogen habe.

Ich mag einen guten Kaffee zu jeder Tages- oder Nachtzeit. Und für mein permanentes auf Achse sein war diese Erfindung damals ein verlockendes Angebot und wurde bald für mich zur Selbstverständlichkeit. Ich genieße es, auf langen Fahrten nach meinem Kaffee zu greifen und an diesem Becher zu nippen.

Seit drei, vier Jahren benutze ich eigene Coffee-to-go-Becher. Also wieder verwendbare, um den schnell produzierten Müll zu vermeiden. Nur noch selten kaufe ich unterwegs einen derartigen Kaffee im Wegwerfbecher. Nämlich dann, wenn ich etwas müde bin, gern einen Kaffee trinken möchte, aber mein eigener Becher zu Hause im Schrank steht.

Und so war es neulich.

Ich bezahlte meine Tankfüllung und kaufte noch einen Coffee-to-go.

Als ich den Becher in die Hand nahm, fühlte ich eine raue dicke Oberfläche. Hmm, denke ich. Appetitlich fühlt sich dieses Material nicht an. Nichtsdestotrotz nehme ich meinen Kaffee mit ins Auto. Er

ist noch zu heiß, um ihn zu trinken. Also stelle ich den Becher in das dafür vorgesehene Fach unter dem Armaturenbrett und fahre erst einmal weiter. Es ist spät. Es ist dunkel. Es regnet. Die kilometerlange Kutscherei durch die Baustelle ist ermüdend. „Ahhhhh!", erinnere ich mich. „Mein Kaffee!"
Ich freue mich, diesen jetzt zu trinken.
Ich lange nach dem Becher und nehme diesen an meine Lippen und ...
Binnen eines Augenblicks war der gesamte Inhalt auf meinem Kleid. Ich wusste bis dahin nicht, wieviel Flüssigkeit zweihundert Milliliter sein können. Denn ich fühlte, wie sich die warme Nässe auf dem Autositz in meine Leggins saugte. Verdammt! Ich brauche einen Parkplatz!
Nach dem dritten Anlauf fand ich einen, der nicht bis zum letzten Zentimeter mit zur Nachtruhe abgestellten LKW besetzt war.
Endlich! Es ist ein elendes Gefühl, in einer lauwarmen Kaffee-Feuchtigkeit zu sitzen.
Ich besah mir nun diesen Pappbecher und sah das Problem.
In diesem Fall kann ich nur sagen: Öko hin und Öko her. Es gibt einfach Dinge, die nicht zusammenpassen. In diesem Fall Coffee-to-go und Pappbecher. Wenn der Kaffee nicht sofort ausgetrunken

wird, weicht der Boden durch. Das Dilemma: Als ich den Becher nahm, um zu trinken, löste sich die eingepresste Pappe am Boden.

Werde ich perspektivisch auf diesen Kaffeegenuss unterwegs verzichten? Jein.

Ja, ich werde keine Pappbecher mehr mit ins Auto schleppen, sondern mir vor Ort die Zeit nehmen und meinen Kaffee aus einer Tasse in Ruhe austrinken.

Nein, mein eigener permanenter Becher ist perfekt für unterwegs. Ich kann den zu Hause füllen oder unterwegs befüllen lassen.

Links-Rechts-Links-Gewinde

... weiß der Kuckuck, wie herum das richtig ist!
Dort wo ich bin, geht etwas zu Boden, das in irgendeiner Weise mit einem Gewinde zu tun hat. Bis
zum heutigen Tag kann ich das Handeln meiner
Hände mit den Gedanken meines Gehirns nicht ko-
ordinieren.

Soeben glitt mir der Verschluss des Tomatenmarks
aus den Fingern. Ich fand ihn endlich unter dem
Tisch ... Das war der Anstoß, Euch heute dieses
Blog zu schreiben.

Wenn ich den Verschluss der Zahnpastatube zu-
drehe, landet im gleichen Moment der Deckel auf
dem Boden. Verdammt, wie herum ist das Ding zu
drehen, damit der Verschluss schließt?

Wenn möglich, kaufe ich eine Zahnpasta, die keinen Drehverschluss hat. Es ist ein gutes Gefühl,
nicht immer auf dem Boden diesen kleinen Deckel
suchen zu müssen.

Ein anderes Beispiel: Das Salz des Geschirrspülers
muss nachgefüllt werden. Für Euch kein Problem.
Stimmt's? Für mich schon. Mir gelingt es, diesen
sehr fest sitzenden Verschluss noch fester zuzudre-
hen, so, dass gar nix mehr geht.

Mein Opa erkannte mein Problem und sagte immer zu mir: "Mädchen, so lange das Deutsche Reich besteht, man die Schraube rechts herumdreht."

Gut, auch wenn das Deutsche Reich nicht mehr existent ist, diese Schrauben und Gewinde drehen wohl immer noch so, wie einst.

Bin ich in der Küche und habe ein Glas zu öffnen, schaue ich auf die Wanduhr und durchdenke den Prozess. Es heißt im Uhrzeigersinn drehen. Ja, aber verflixt wie herum nur? Im Uhrzeigersinn aufdrehen oder zudrehen? Ich kann es mir nicht merken.

Als Teenager wurde ich oft auf den Motorrädern der Jungs eingeladen, um mitzufahren. Ich habe es genossen. Auch wenn ich mir permanent die Wade am Auspuff verbrannt habe.

Warum? Ich steige prinzipiell "falsch" auf das Fahrrad, also auch auf das Motorrad. Ich traf noch keinen Menschen, der auf der Seite der Kette auf das Rad aufsteigt. Ich kann es nicht anders. Oftmals habe ich es versucht. Aber ich falle dann einfach um. Jaha ... lacht nur!

Auf Hiddensee lag ich wie ein Maikäfer im Straßengraben, weil mich ein Postauto von der Straße drängte. Hätte ich es wie ein normaler Mensch gekonnt, zur richtigen Seite abzusteigen, hätte meine B-Note definitiv besser ausgesehen.

Als ich mich bei einer Familienfeier mit der damals kleinen Lara mit dem Ausmalen von Bildern beschäftigte, wurde ich gefragt: "Petra, bist Du Linkshänder?" Ich fragte: "Nein. Warum?" Und in diesem Moment wurde mir bewusst, dass ich die Buntstifte in der linken Hand hielt und ganz selbstverständlich zeichnete und ausmalte.

Es gibt unendlich viele Beispiele, die mir dieses links-rechts-links absolut schwer machen und mich zeitweise zur Verzweiflung bringen.

Erst sehr spät begriff ich, dass ich wahrscheinlich eher ein Links- statt ein Rechtshänder bin. Damals wurden wir Kinder noch darauf getrimmt:

Man nimmt das Messer in die rechte Hand, die Gabel in die linke. Der Stift gehört in die rechte Hand. Zum Glück wird darauf heute kein gesteigerter Wert gelegt.

Ich bin davon überzeugt, dass das von der Natur Gegebene durch "Umerziehen" Koordinationskonflikte auslöst.

Ich greife nach meinem Glas Wasser. ... In welche Hand gehört eigentlich das Glas oder die Tasse? Es wird immer rechts oberhalb des Messers eingedeckt. Ich greife prinzipiell diagonal, um das Glas letztendlich in die linke Hand zu nehmen. Ich stoße auch immer mit der linken Hand an. Mein Gefühl sagt mir, dass das sicher nicht korrekt ist. Auch dafür wird es Regeln geben.

Ich tröste mich und sage zu mir:

Die Linke kommt von Herzen.

Gedanken am Bügelbrett

Es gibt Dinge, die kaum einer gern tut. Zum Beispiel Wäsche bügeln. Nun mag es absurd klingen, aber ich mache das tatsächlich gern.

Ich liebe es, wenn die Wäsche duftend, akkurat gestapelt und gerade auf den Bügeln hängend im Schrank wieder ihren Platz gefunden hat.

Ich bin gefangen an diesem Bügelbrett. Es ist eine routinierte Tätigkeit und ich kann meinen Gedanken freien Lauf lassen. Alles Wichtige und Unwesentliche frequentiert mein Hirn. Und so manche gute Geschichte entstand an meinem Bügelbrett.

Ich schlage also zwei Fliegen mit einer Klappe. Produktive Hausarbeit plus Nachdenkzeit.

Vor ein paar Tagen traf ich auf eine Familie.

"Darf ich ihnen einen Kaffee anbieten?", wurde ich gefragt. Ich bejahte die Frage.

"Filterkaffee oder einen schnellen aus einer Kapsel?" Ich entschied mich für den schnellen.

"Das kostet fünfzig Cent Ablass an die Mädchen."

Die Sechszehnjährigen saßen am Tisch und hielten mir grienend die ausgestreckte Hand entgegen. Ich begriff den Sinn sofort und fragte sie, wohin das Strafgeld denn ginge, das sie ökologisch-pädagogisch auf diese Weise eintreiben. Nun, sie bräuchten das für ihre Umweltaktionen, wurde mir erklärt. Ich zahlte meinen bösen Kaffee und verzichtete auf eine Diskussion.

Während meines Gespräches mit der Mutter bemerkte eine der Töchter, dass diese wahrscheinlich ihr T-Shirt trug. Sie unterbrach das Tippen auf ihrem iPhone und sprach sie prompt darauf an. Sie empörte sich, wie das sein könne.

Die Mutter breit lächelnd:

"Du erwartest von mir, dass ich die Wäsche bis maximal zwanzig Grad, mit einem Waschball und dem Kurzprogramm der Waschmaschine wasche und an der Luft trockne. Ein Bügeleisen zu verwenden sei unnötiger Stromverbrauch und ein Tabu. Meine gute Bekleidung kann ich nach dieser Prozedur so nicht tragen. T-Shirts habe ich üblicher Weise keine. Also nahm ich dieses hier. Nach dem Gespräch werde ich mich um meine Bekleidung wieder nach meiner Methode kümmern."

Der Teenager schaut seine Mutter mit schräg gelegtem Kopf an.

"Wenn ich genau hinschaue, glaube ich nicht, dass das mein T-Shirt ist. Meins war weiß. Das du anhast, sieht nur so ähnlich aus."

Die Mutter lacht. "Kind, das ist deins. Gewöhne dich daran. Auf diese Weise wird die Wäsche nicht so, wie du es immer gekannt hast. Dein Auge wird es bald nicht anders wahrnehmen. Das neue Weiß wird für dich in nicht allzu langer Zeit das ganz richtige Weiß sein."

Als ich die knapp einhundert Kilometer nach Hause fuhr, dachte ich über diese Begebenheit nach. Mein ökologischer Index ist höchstwahrscheinlich im roten Bereich. Ich bügele meine Wäsche, wasche sie mit einem guten Waschpulver. Ich liebe es, einen Weichspüler zu verwenden und gegebenenfalls sogar noch einen Hygienespüler. Die Waschtemperaturen wähle ich entsprechend der Notwendigkeit. Ich genieße meinen Kaffee aus der Kapsel und tanke Diesel.

Wenn ich allein für nur diese Sünden je fünfzig Cent zahlen müsste, würden die ausgestreckten Hände der Mädchen schnell gefüllt.

Ein Gedanke jagt den nächsten. Welch ein Irrsinn ist das eigentlich.

Dem erhobenen, belehrenden Finger folgt Bestrafung bei Missachtung mittels Strafgelder.

Die aus einer negativen Handlung erpressten Gelder werden für vermeintlich positive Zwecke benutzt. Die Kinder tuen genau das, was sie vorgelebt bekommen.

Eine Erwartung wird an die Kinder gestellt. Erfüllen

sie diese nicht, werden sie in irgendeiner Weise gerügt oder bestraft.

Eine Korrektur ihres Verhaltens wird vorgenommen, im übertragenen Sinn also ihre Zahlung.

Eine friedliche Atmosphäre zum Beispiel ist der positive Effekt.

Ein Effekt, der durch Nötigung, aber nicht durch Einsicht geschah.

Aber genau das sieht, hört und erlebt unser Nachwuchs Tag für Tag: Strafgelder für alles Mögliche.

Es wird sich nichts in eine positive Richtung wandeln, wenn der Prozess nicht durch den eigenen Kopf eine Selbsterkenntnis erfährt.

Alles andere ist Angst. Angst, etwas Falsches zu tun. Angst, nicht gut zu sein. Angst, bestraft zu werden. Angst, den aufgesetzten gesellschaftlichen Erwartungen nicht gerecht zu werden ...

Bevor mich meine Gedanken von einem zum anderen tragen, ziehe ich jetzt den Stecker vom Bügeleisen und höre auf, zu philosophieren.

Mal fix telefoniert

"... du hast ja in zwei Tagen Geburtstag. Was hast du geplant?", fragt mich meine Freundin.

"Du weißt doch, dass ich meinen Geburtstag seit einigen Jahren nicht feiere.", antworte ich.

"Huch, ja, stimmt. Das kann ich nicht verstehen. Ich brauche das. Aber es macht jeder, wie er es will.", sagt sie, holt Luft und redet gleich weiter: "Sandra hatte ja auch Geburtstag. Sie werde ich gleich noch anrufen. Am Tag des Geburtstages schicke ich nämlich nur noch WhatsApp. Anrufe stören dann immer so. Ich kann das selbst nicht leiden, wenn ich mich nicht um meine Gäste küm-mern kann, weil immerzu das Telefon klingelt.", schnattert sie. "Ach, und du wirst wirklich gar nichts machen?"

"Nein, ich habe keine Gäste. Es ist außerdem mit-ten in der Woche. Feste Termine außerhalb plante ich keine, aber ich werde in meinem Büro arbeiten. Am Abend ist ein Tisch beim Italiener reserviert. Darauf freue ich mich tatsächlich.", lasse ich sie wissen.

Zwei Tage später: 08:16 Uhr

Ich sitze an meinem Schreibtisch. Das Smartphone signalisiert eine eingehende WhatsApp.

Meine Freundin gratuliert mir zum Geburtstag.

Ich muss lächeln.

Sie weiß, dass ich keine Gäste habe. Sie weiß, dass ich im Büro arbeite. Sie weiß, dass ich nicht unterwegs bin.

Eine Sekunde denke ich daran, die Rückruftaste zu drücken. Ich belasse es dabei und freue mich einfach, dass sie an mich dachte.

Beim Italiener: 19:40 Uhr

Mein Smartphone vibriert. Ich lege das Besteck beiseite.

Meine Freundin ruft an ... Ich wahre Contenance und muss so sehr in mich hineinlächeln.

Ist es nicht wunderschön, dass man aneinander denkt?

Heute am Morgen denke ich an diese Episode. Und es wird mir bewusst, wie flüchtig und oberflächlich wir in vielen Dingen sind. Oftmals wird ein Gespräch zum Smalltalk und wir vergessen das wahre Zuhören.

Und ich überlege, ob es meine Freundin tatsächlich stört, wenn sie an ihrem Geburtstag angerufen wird. Ist es doch der i-Punkt an diesem Tag, die

Glückwüsche entgegenzunehmen. Und ich konnte immer beobachten, dass sich die Gäste bei jedem Anruf mit dem Jubilar freuen. Es wurde nie als störend empfunden.

PS:

Ich bitte meine Episodengeberin herzlich, mir diesen Beitrag zu verzeihen.

Ihren Mann stehen

Ich gestehe, ich bin Vollweib. Ich liebe es, Frau zu sein. Und niemals kam mir in den Sinn, irgendwelche männlichen Stärken mein Eigen nennen zu müssen.

Die Natur gab dem männlichen Körper andere physische Komponenten als dem weiblichen. Und wenn ich das auf das Simpelste herunterbreche, ergibt sich eine gewisse Logik. Das Leben ist auf Wachstum ausgerichtet. Zwei Neutronen begegnen sich höflich, jedoch wird es keine Anziehung geben. Die Natur hat wohlbedacht zwei Pole geschaffen.

Morgen ist der achte März. Es ist der Internationale Frauentag. Dieses Datum motivierte mich für das heutige Blog.

Ihr habt keine Ahnung, wie sehr mich das Thema "Frau" regelmäßig aufregt und ich mich dabei so sehr machtlos fühle.

Nur mit einem Kopfschütteln und innerer Ablehnung stehe ich den Feministinnen und ihren Aktionen gegenüber.

Ich lese, sehe und höre von Beschneidungen, Vergewaltigungen, Gruppenmissbräuchen, Unterdrückungen, Prügel und Schlägen. Frauen werden klein und minderwertig gemacht. Der Urinstinkt der körperlichen Überlegenheit über das Schwächere scheint nicht auszusterben, wenn auch zum Glück flächenweise zu verkümmern.

Ich mag diesen Missbrauch an Frauen unter dem Deckmäntelchen einer anderen "Kultur" nicht akzeptieren wollen.

Nun lebe ich in Deutschland, einem kleinen, doch wirtschaftlich recht starken Land. Und ich bin tatsächlich froh, dass es so ist. Ich bin selig, in die Kultur des Europäischen Kontinentes hineingeboren zu sein.

Mir ist bewusst, dass auch Deutschland und Europa nicht makellos sind. Hier werden zum Beispiel per Beschluss und Gesetz Frauenquoten in der Besetzung von Funktionen in Geschäftsetagen erzwungen. Es wird als Erfolg im Kampf für die Gleichberechtigung der Frauen betrachtet und Druck gemacht. Und ich muss lächeln.

Druck erzeugt immer Gegendruck. Und mir wirft es die Frage auf, ob eine von einer Frau quotengerecht besetzte Führungsposition, zum Beispiel im Vorstand, eine wirkliche Akzeptanz erfährt. Oder muss diese Frau insbesondere nun beweisen, dass sie "sogar" als Frau das Handwerk beherrscht? Ich weiß es nicht.

Erst seit dem Jahr, in dem ich geboren wurde, gibt es ein Gesetz zur Gleichbehandlung von Frau und Mann. Bis dahin musste die "kleine dumme" Frau bei ihrem Mann zum Beispiel die Erlaubnis einholen, arbeiten gehen zu dürfen. Das ist heute unvorstellbar.

Ich bin also mit dem Thema Frau und Emanzipation aufgewachsen. Es begleitet mich ein Leben lang. Meine Wiege stand in Dresden. Ich wurde in einem Staat erwachsen, in dem das Thema Gleichberechtigung nie wirklich angezweifelt wurde. Nach dem Krieg mussten alle mit anpacken, um dieses zerrüttete Land aufzubauen. Da war es vollkommen gleichgültig, ob Mann oder Frau.

Jedoch war es, wie mit allen Dingen, die historisch gewachsen sind und von Generation zu Generation übertragen werden. *Mann* erinnerte sich schon daran, dass es vor einigen Jahren noch ganz anders war. Dass die Frau sich um Haus, Kind und Mann kümmerte.

Nun war es jedoch ganz anders. Die häuslichen Arbeiten wurden weitestgehend geteilt. Die Verantwortung lag auf beiden Schultern. Ich kannte nichts anderes. Es war völlig normal. Mann und Frau gingen ihrem Job nach. Frau wie auch Mann machten berufliche Karriere. Die Kinder wurden von beiden gleichermaßen betreut und aufgezogen. Der Internationale Frauentag wurde staatlich verordnet in großem Maße mit Veranstaltungen, Blumen und Ehrungen zelebriert. Es war fast peinlich. Es motivierte die Männer, das alles mit einem Augenzwinkern zu betrachten. Ich konnte sie verstehen. Zumal in dieser Gesellschaftsordnung die Gleichberechtigung der Frau nicht in Frage gestellt wurde. Das Thema stand so nicht in dem nach dem zweiten Weltkrieg neu gegründeten Staat.

Diesen "Frauentag" lehnte ich bald ab. Es war mir unangenehm für etwas auf Händen getragen zu werden, das aus meiner Sicht ein Selbstverständnis war.

Es war normal, dass ich höflich und mit Respekt behandelt wurde im Privatleben, wie auch im Berufsleben. Ich hatte die gleichen Chancen, das zu werden, was mir möglich war. Es interessierte keinen,

ob ich eine Frau oder ein Mann bin. Mir wurde die Tür aufgehalten, in den Mantel geholfen, der Stuhl zurechtgerückt, schwere Taschen abgenommen ...

Ich wurde als Frau wahrgenommen und nicht als Neutrum oder gar weiblicher Mann. Es war ein Nehmen und Geben.

Heute, drei Jahrzehnte weiter, sehe ich das Thema aus einem völlig anderen Blickwinkel. Die Welt hat sich geöffnet. Das Internet hat eine unwahrscheinliche Bewegung und Globalisierung ermöglicht. Informationen aus fernen und nahen Ländern, wie auch dem eigenen, können nicht mehr einfach unter den Teppich gekehrt werden.

Zum Internationalen Frauentag umarme ich symbolisch alle Frauen unseres Globus.

Alle Frauen, die sich behaupten müssen, die Leid ertragen müssen, die kämpfen müssen, alle Frauen, die etwas in ihrem Leben erreicht, alle Frauen, die sich für ein akzeptables, besseres, selbstbestimmtes Leben aller Frauen einsetzen - alle Frauen, die mit Herz und Verstand Frau sind.

Wir über ich

Eigentlich wollte ich über Sonne, Frühling, Mode und sonstig schöne Dinge schreiben. Mir will es nicht gelingen.

Die Sonne strahlte heute hier bei uns im Süden Deutschlands aus ganzer Kraft und schien der globalen Last, die über uns liegt, etwas Schwere zu nehmen.

Jetzt lugt sie am Horizont über dem Berggipfel und wird uns gleich den Abend übergeben.

Unwillkürlich muss ich an die Bilder aus Italien denken. Ihr wisst schon. Ich meine die von den Balkonen der Menschen. Bilder eines Flashmobs mit Gesang und Musik voller Lebensfreude. Ein Zeugnis des Zusammenhaltens, der Solidarität und Dankbarkeit in dieser schwierigen Zeit des bisher am meisten betroffenen Landes in Europa. Mir lag ein breites Lächeln im Gesicht und ich hätte die Italiener in diesem Moment umarmen können.

Österreich hat diesen Flashmob heute um 18 Uhr übernommen, morgen wird es die Schweiz tun. Es sind kleine Aktionen. Jedoch wird uns bewusst, dass es vollkommen egal ist, in welcher wirtschaftlichen Situation sich jeder Einzelne befindet. Es ist unwichtig, in welchem Land wir leben. Corona nimmt sich, was es will. Diese Aktionen demonstriert ein Füreinander. Es verbindet uns Menschen und bringt uns vielleicht wieder zu mehr Wertschätzung, Würde, Verantwortung, Vertrauen ... zu den Urwerten zurück.

Und ich muss gestehen, dass mir die wirtschaftliche Situation der vielen selbständigen Einzelkämpfer wirklich große Sorgen macht. Wenn sie nicht arbeiten können, werden sie kein Geld verdienen und vor dem Nichts stehen. Die meisten von ihnen haben von jeher ein sehr kleines Monatseinkommen, das oftmals unter dem eines Sozialhilfeempfängers liegt. Diese Einzelunternehmer sind in unendlich vielen Dienstleistungsbranchen unterwegs, die im Augenblick sukzessive nicht ausgeübt werden können. Vier, fünf Wochen oder mehr ist eine sehr lange Zeit, die überbrückt werden will.

Die Ländergrenzen werden reihum geschlossen, um die Verbreitung dieses Virus zu verzögern ... und ich mag das Wort Weltwirtschaftskrise nicht aussprechen und hoffe sehr, dass das nur ein böser Gedanke war, der soeben durch mein Hirn schoss.

Es sind so viele Gedanken, die mich gefangen nehmen. Mich widern diese Hamsterkäufer genauso an, wie die, die diese Situation für ihre ideenreichen Betrügereien nutzen, oder jene, die ihre

Verschwörungsweisheiten in den verschiedensten Varianten den Menschen unterjubeln und glaubhaft machen.

Ich wünsche mir nur eins: Haltet zusammen. Helft Euch gegenseitig. Seid vorsichtig und behutsam.

Irgendwo im Nebel

In meinem Lieblingsradiosender werden seit gestern Sendungen beworben, um denen, die sich wegen "Corona" zu Hause aufhalten müssen, die Langeweile zu vertreiben. Ich muss kurz überlegen, ob und wann ich überhaupt einmal Langeweile hatte. Ich kann mich nicht erinnern.

Ich will immer viel mehr tun und erreichen, als ich Zeit dafür habe. Jedoch ist dafür eine Einkommen generierende Tätigkeit notwendig. Das steht außer Frage. Und so verbringe natürlich auch ich den größten Teil des Tages genau damit. OK. Ich muss mich korrigieren.

Ich erledigte am Montag vorübergehend auf unbestimmte Zeit meinen letzten Auftrag. Also, ich meine solche Aufträge, bei denen ich meine Zeit und Arbeitsleistung als Freiberufler bzw. Soloselbständiger gegen Geld eintausche.

"Corona" schickte auch mich nach Hause, um die anderen und mich zu schützen, so die allgemeine und offizielle Sprache. Also bin ich den vierten Tag in meinen vier Wänden.

Ich überlegte, ob ich Euch auf diese, meine "Corona-Reise" mitnehme. Oder ob ich es doch lieber sein lasse. Wird es für Euch interessant sein, meinem Blog zu folgen? Oder werdet Ihr von all dem Gehörten übersättigt sein? Ich weiß es nicht. Heute entschied ich mich dafür, es zu tun. Es ist eine tatsächlich verrückte und so sensible Situation für die Menschen weltweit. Und ich bin mir sicher. Es wird unendlich viele Wahrnehmungen in dieser Zeit geben.

Jedoch eines ist sicher. Jede geschriebene Zeile wird ein Zeitzeugnis sein. Und das motiviert mich, auf meinem Blog diesem Thema einen Platz einzuräumen.

Gestern erfuhr ich das erste Mal von Menschen, die ich selbst entfernt kenne, die positiv auf Corona getestet wurden.

Das Verrückte ist, dass dieses Corona ein Fantomas ist. Es ist da und ist es dennoch nicht. Es erscheint mir im Nebel verborgen. Es ist unsichtbar. Es ist ohne Persönlichkeit. Es ist ein "es" - das Corona, das Virus. Pragmatisch: Covid-19

Und dieses scheinbar nicht vorhanden sein macht es vielen Menschen so schwer, an dessen Existenz zu glauben und entsprechend zu handeln.

Es ist kurz vor fünf Uhr. Die morgendlichen News habe ich bereits im Badezimmer vernommen und ich weiß, dass sich die Situation und die entsprechenden Maßnahmen zu diesem globalen Wahnsinn stündlich ändern werden.

Meine Bitte an Euch. Auch wenn dieses "Corona" nicht sichtbar scheint, bitte beachtet die Spielregeln, die Ihr überall hört, lest und seht. Ihr schützt Euch und uns alle.

Bleibt schön gesund.

Bücher-Haus

Wie fast jeden Tag stöbere ich mit meiner Tasse Kaffee in der Hand auf den Seiten von Instagram. Es ist unglaublich zu sehen, welche fantastischen Bilder weltweit gemacht werden. Es sind für mich entspannende Minuten, die ich genieße.

Ich habe meine Lieblingsseiten, die ich besuche und ich gebe Schlagwörter ein, um zu sehen, was es zu diesem Thema gibt. Wie zum Beispiel Bücher, Autoren und so weiter, was ich heute tat.

Und ich konnte es fast nicht glauben, was ich da entdeckte. Zuerst fand ich es total goldig, wie sich ein Vater mit seinem Sohn während der momentanen Corona-Zeit zu Hause beschäftigte.

Sie „bauten" ein Haus mit Büchern. Sauber, vorsichtig und akkurat wurden die Bücher aufgestellt. Der Betrachter der Bilder konnte die Wertschätzung fühlen, die in diesem Haushalt den Büchern entgegengebracht wird.

Auf den zweiten Blick wollte ich wissen, welche Bücher dort gelesen werden. Ich vergrößerte die Bilder und stellte fest, dass es keine deutschen Bücher sind.

Und dann traute ich meinen Augen nicht. Auf den dritten Blick erkannte ich mein Buch, das ich einst schrieb "Frag einfach!". Es berührte mich sehr, auf diese Art damit konfrontiert zu werden.

Mich motivieren solche Erlebnisse und beweisen mir den Sinn meines Tuns. Es treibt mich an, mit meinen Zeilen ein Zeitzeugnis zu setzen und mich in die Herzen meiner Leser zu schreibe.

Raigschmeggd

Ein Heimatgefühl oder irgend so etwas hatte ich eigentlich nie. Immer war ich dort zu Hause, wo ich gerade in diesem Augenblick war.

Geboren, um wenige Wochen später ein paar hundert Kilometer weiter aufzuwachsen. Wo aus der vermeintlichen Mami, plötzlich Omi wurde ...

Den wochenlang mit "Paps" geübten Weg zur "Hasenschule", wie er sagte, war für mich letztendlich nur Spiel. Denn die Schule sollte ich nun in meiner Geburtsstadt besuchen. Fast sechs Jahre später wurde meine eigentliche Heimat zu meinem neuen Lebensort. Es war irgendwie ein Zuhause. Eine Wohnung, ein langer Schulweg, fremde Kinder, fremde Erwachsene, fremde Straßen, fremde Stadt. Eltern.

Ich vermisste den Blaubeerwald, den Ferchesar See, die schmalen Radwege, die staubigen sandigen Straßen, das Reiten auf Paps Schultern, die Umarmungen, das Drücken, den liebevollen Gute-Nacht-Kuss, das Streicheln über die Wange, das Wegwischen meiner Kullertränen mit einem riesengroßen Taschentuch ... ich vermisste das Spielen in dem kleinen Hof mit den Nachbarjungs, die immer diese kleinen Matchbox-Autos mitbrachten, das

Baden in der Zinkwanne im Waschhaus.

Von jetzt auf jetzt war alles anders.

Omi und Paps zogen bald in mein neues Lebensumfeld nach und ich fühlte, dass sie da waren. Das war gut. Sie waren ein Stück Geborgenheit.

Seitdem sind viele Jahre vergangen und mein Leben verlief streckenweise wirklich sehr turbulent.

Die längste Zeit meines Lebens verbrachte ich letztendlich insgesamt tatsächlich in meiner Geburtsstadt. Mich zog es zwischenzeitlich immer wieder zurück.

Nun, Ihr habt es bemerkt. Ich spreche immer von "meiner Geburtsstadt". So oft schon habe ich über den Begriff Heimatgefühl nachgedacht.

Was ist dieses Heimatgefühl?

· das Elternhaus?

· die Stadt in der du geboren wurdes?

· dein Lieblingsessen, das du immer gemocht hast?

· ein bestimmter Geruch?

· bestimmte Personen?

· bestimmte Klänge?

· Erinnerungen?

· ... und so weiter und so fort

Ich weiß es tatsächlich für mich nicht zu definieren.

Es gibt Orte, an die es mich zieht, an denen ich

mich komplett gut fühle. Und es gibt solche, wo ich mich auf der Fahrt dorthin bereits frage, warum ich mir das antue.

Aber das ist irgendwann ein anderes Blogthema.

Nun unterwerfen wir uns alle aktuell Covid-19, Corona. Uns hat es weitestgehend an die eigenen vier Wände gekoppelt. Dennoch ist das Miteinander, der Zusammenhalt Dank Mister Zuckerberg auf einem ganz anderen Niveau möglich. Und ich bin dafür unendlich dankbar. Ich traf regional, überregional und weltweit fantastische Menschen, und das nicht ausschließlich virtuell.

Aktuell lebe ich in einem sehr kleinen Ortsteil einer Gemeinde im südlichsten Süden Deutschlands, die insgesamt 4.796 Einwohner hat. Diese Corona-Zeit hier in diesem klitzekleinen Ort lässt mich, als bekennender Großstädter, tatsächlich sehr nachdenklich werden.

Man sagt: Das Leben auf dem Dorf sei von Zusammenhalt, von einem Füreinandereinstehen, Hilfe, Sicherheit, Wohlfühlen ... geprägt. Ein Dorf lebe die Gemeinschaft. Es gäbe nichts Vergleichbares.

Schön und gut. Es mag sein. Ich weiß es nicht.

Denn ich bin eine Raigschmeggde, eine Zugezogene, in diesem schwäbischen Dorf seit 2013. Höflich werde ich gegrüßt, wenn man mich auf der

Straße sichtet. Es werden drei freundliche Sätze getauscht und gut. Alle Bemühungen um eine Dazugehörigkeit werden höflich, aber bestimmt zurückgewiesen.

Es erinnert mich an die vertriebenen Deutschen während des letzten Krieges. Ich meine die Landsleute, die von okkupiertem Kriegsgebiet fortgejagt wurden. Sie sind nicht geflüchtet. Das Land wurde besetzt, die Deutschen dort waren nicht gewollt. Sie mussten Hab und Gut hinterlassen und gehen. Bis zum letzten Tag sind es die Vertriebenen von "dort".

Ich bin einfach nur umgezogen. Hierher in diesen kleinen sympathischen Ort mit den wenigen Häusern, den Alpen am Horizont und der Streuobstwiese vor der Tür. Über potentielle Integrationsschwierigkeiten habe ich nie nachgedacht.

Ich bin Großstädter. Immer dort, wo ich lebte, wurde man freundlich aufgenommen und gehörte von diesem Moment an dazu. Ganz gleich, ob es die "Platte" mit x-vielen Wohnungen war oder ein Wohngebiet am Rande der Stadt.

Dass man den Nachbarn im selben Haus nicht kenne, das kann ich nicht bestätigen. Aber ich kenne hier in diesem kleinen Dorf bis heute nur wenige Menschen mit dem Namen.

Und irgendwie wird mir das in der Zeit dieser "Isolation" besonders bewusst, dass ich hier in meinem kleinen Zuhause daheim bin, aber nicht an diesem Ort.

Ich habe Sehnsucht nach meiner Elbe, dem „Landstreicher", der Brühlschen Terrasse, der Kofi, dem breiten Sächsisch, das ich nie zu sprechen lernte.

Ich sehne mich nach dem Stadtverkehr, der smarten Höflichkeit und dem goldenen Gemüt der Dresdner … ich sehne mich nach …

Oha, verdammt! Ist das Heimatgefühl?

Zu eitel?

Verdammt! Ist heute Mittwoch oder Donnerstag?
Ich quäle kurz mein Gehirn und konzentriere mich.
Mittwoch! Es ist Mittwoch, bestätige ich mir erleichtert, das, ohne einen Blick auf mein Smartphone herausgefunden zu haben.
Diese Corona-Isolation macht mich langsam verrückt. Es ist ziemlich alles aus dem Gleichgewicht geraten. Und das weltweit bis ins kleinste Zimmer jedes Einzelnen von uns.
Ich trabe ins Bad, um mein Make-up aufzulegen.
Schaue in den Spiegel und denke: Mein Gott, warum tust du das? Für wen? Machst du dir nicht selbst etwas vor? Wen interessiert das, ob Make-up oder nicht? Das ist doch eh nur Clownerie, Eine Maske, hinter der die Blässe und Müdigkeit versteckt wird.
Ein breites Grinsen legt sich in mein Gesicht. Ich weiß genau, dass ich das für mich selbst tue. Meine Eitelkeit lässt es nicht anders zu. Selbst der Müllcontainer vor dem Haus sah mich noch nie ohne.
Mir ist jedoch auch bewusst, dass das bei vielen Menschen zweitrangig ist und ich wiederum belächelt werde. Ich toleriere das. Ohne Frage. Auch wenn mit einem klitzekleinen Zähneknirschen.

Für mich ist das eine entsetzliche Nachlässigkeit.
Und ich kann das kleine Hochziehen meiner Augen-
braue nicht verhindern, wenn sich mir die Vorstellung auftut, zu Hause als Schlumpf durch die Wohnung zu springen. Schlampige Klamotten, die
Haare am Hinterkopf von der Nacht platt gelegen
und schlecht

frisiert, unrasierte Männer, umwabert vom undefi-
nierbaren Duft des nächtlichen Bettes ...
Und tatsächlich gibt es Leute, die man in diesem
Erscheinungsbild am Vormittag beim Bäcker oder
im Supermarkt antrifft. Eine absolute Respektlosig-
keit in meinen Augen.
Manch einer wird mir jetzt Arroganz und zu viel
Stolz vorwerfen. Das mag sein.
Nur was spiegeln diese Leute wider? Sie sind es
sich selbst nicht wert, schön und gepflegt zu sein.
Und sie sagen den anderen Menschen, denen sie
begegnen, dass diese ihnen komplett egal sind. -
Kurz: Es ist ihnen wurscht.
Zu meinem Job gehört es, viel zu telefonieren.
Glaubt mir, ich bin wesentlich erfolgreicher, wenn
ich weiß, dass ich einfach gut aussehe, wenn ich
mit meinen Gesprächspartnern kommuniziere.

Derjenige am anderen Ende der "Strippe" kann hören, wie Du aussiehst. Es mag paradox klingen.
Wer von Euch diese Erfahrung noch nicht machte,
probiert es einfach aus!

Ich bin etwas provokativ. Ich weiß das. Dennoch
will ich das heute einfach mal so im Raum stehen
lassen. Mich interessiert nämlich, wie Ihr dazu
steht.

Was meint Ihr? Ist es lohnenswert in dieser
momentanen Situation Zeit und Mühe zu
investieren und sich zurecht zu machen? Oder
meint Ihr, eine bequeme Jogginghose ohne viel
Pipapó tut es auch?

Küchenpapierrollen ... nützlich oder Unfug?

Gedankenverloren zupfe ich ein Blatt von der Rolle. Wische mir die Finger ab und streiche ein paar Krümel vom Küchentisch damit zusammen.

Eine Geste, die seit vielen, vielen Jahren in Fleisch und Blut übergegangen ist: Der Griff zum Küchenpapier.

Verschüttete Flüssigkeit, Kleckereien beim Kochen, Flecke auf dem Fußboden, fettige Hände, Obst nach dem Waschen trocken tupfen ...

Küchenpapierrollen sind in meinem Haushalt das Erste-Hilfe-Produkt an sich. Nicht wegzudenken. Oder doch?

Vor ein paar Wochen war ich zum Essen bei einer Freundin eingeladen. Beim Decken des Tisches kleckerte etwas daneben. Ich fragte nach Küchenpapier.

"So etwas haben wir nicht mehr.", sagte sie mir und ergänzt: "Wir wollen dazu beitragen, die Müllberge zu verringern."

"Ok, kein Problem, aber gib mir bitte schnell irgendetwas, womit ich diese Soße vom Tisch wischen kann."

Sie dreht sich x-mal im Kreis und überlegt. Dann reicht sie mir einen Küchenschwamm. Ich nehme den mit zwei Fingern und tupfe die Soße vom Tisch. "Hast du noch etwas zum trockenwischen, bitte?" Sie überlegt und gibt mir ein Geschirrtuch.

Mit dem Schwamm gehe ich zum Spülbecken und wasche den mit etwas Spülmittel so lange unter fließendem Wasser aus, bis sich kein Schaum mehr ausdrücken lässt. Ich lege ihn beiseite.
"Das Geschirrtuch kannst du bitte gleich hierherlegen. Ich gebe es dann in die Waschmaschine. Es so zu verwenden ist blöd. Es wird auf den Gläsern schmieren und Spuren hinterlassen.", sagt sie und holt aus ihrem Schrank ein frisches Tuch.
An diese Begebenheit muss ich gerade denken, als ich die Schokolade für ihre Tochter beiseite räume und ich mich an den Brief erinnere, den ich für sie noch schreiben möchte.
Ich gebe das benutzte Papier in den Müll.
Die Radieschen, die ich vom Supermarkt mitbrachte, sind sehr sandig und müssen gespült werden. Ich zupfe ein Küchentuch und reibe sie damit endgültig sauber und trocken.
Kater Flo kommt mit seinen erdigen Pfoten aus dem Garten durch das Küchenfenster gesprungen und tappst über den Küchentisch. Ich zupfe ein

Küchentuch, feuchte es an und wische den Tisch sauber.

Es ist Fakt. Alle diese Papiertücher landeten im Müll.

Natürlich recherchierte ich im Netz nach Alternativen, bevor ich Euch meine Gedanken zu diesem Thema niederschreibe. Und es gibt die tollsten Ratschläge und Ideen, sich von den Papierrollen, Tempos & Co., Feuchttücher und Papierservietten zu verabschieden.

Und was soll ich Euch sagen. Es sind genau die Dinge, mit denen ich aufgewachsen bin. Meine Großeltern taten das, wie auch meine Eltern. Und nun fragt Ihr sicherlich, warum ich das nicht auch so tue.

Zunächst die Alternativen, die im Internet genauso zu finden sind, wie in meiner Erinnerung vor vielen Jahren.

Küchenlappen aus Stoff

Naturschwämme

Geschirrtücher

Tücher aus alten Bettlaken selbst nähen

Lappen aus alten Handtüchern selbst nähen

für sehr schmutzige Dinge alte T-Shirts zerschneiden

Stoffservietten

Stofftaschentücher

Waschlappen statt Feuchttücher

Ich kann mich noch sehr genau daran erinnern, wie über dem Wasserhahn am Spülbecken ein Lappen hing. Meistens aus alten Baumwolltextilien gerissen, um noch diesen Zweck zu erfüllen. Das Ding hatte einen merkwürdigen Geruch und es kostete mich einige Überwindung, das anzufassen. Es wurde für alles, was in der Küche mit Geschirr, Spüle, Tisch und so weiter zu tun hatte, benutzt. Es gab einen weiteren derartigen Lappen. Der war im Knick des Abflusses der Spüle deponiert und zuständig für die "groben" Dinge. Dieser war meistens steif, wenn er trocken war ...

Ich will das nicht weiter ausschmücken. So war es damals. Es mag zu dieser Zeit in Ordnung gewesen sein. Inzwischen sind viele Jahre ins Land gegangen und so manche Einstellung hat sich verändert. Seit ich meinen eigenen Haushalt habe, gibt es bei mir keinen Lappen, der irgendwo herumhängt. Ich mag das einfach nicht. Natürlich habe auch ich Küchenlappen aus Mikrofaser. Aber diese sind dezent nicht sichtbar deponiert.

Aber kommen wir zum Thema zurück. Warum

möchte ich mich nicht absolut von den Küchenpapierrollen, die es übrigens bereits seit 1922 gibt, verabschieden?

Wenn ich einen Lappen verwende, wasche ich den unter fließendem Wasser aus. Meine Hände ertragen keine hohen Temperaturen, um diverse Bakterien und Keime auszuwaschen. Somit hänge ich den benutzen und ausgewaschenen Lappen zum Trocknen beiseite, um den später in die Waschmaschine zu geben.

Würde ich also an einem ganz normalen Tag die Küchenrolle gegen solch einen Lappen tauschen, gäbe es einen täglichen Lappenberg. Stoffteile mit einer Menge Wasser und Spülmittel gewaschen und ein weiteres Mal eine gute Stunde in der Waschmaschine.

Tja, was, wenn es diese Küchenrollen nicht gäbe? Ich hätte wahrscheinlich einen großen Korb mit derartigen Stoffteilen. Bei jedem Malheur würde ich, wie bei einer Papierrolle, nach einem solchen Läppchen greifen, auswaschen, trocknen, in die Waschmaschine geben, trocknen, wiederverwenden.

Wie wäre es mit den Papiertaschentüchern? Möchte

ich diese gegen das gute alte Stofftaschentuch tauschen? Grrrrr, nein, wirklich nicht gern. Einmal benutzen, Waschmaschine, trocknen, bügeln, benutzen ...

Letztendlich: Gäbe es diese hygienischen Hilfsmittel nicht, würde ich mich der Situation beugen müssen und zurück zum Faustkeil greifen.

Nun möchte ich es nicht bewerten, welcher Kreislauf der Bessere ist. Der mit dem vielen Wasserpanschen oder der Weg über die Entsorgung.

Ich lasse das einfach im Raum stehen ...

Schrei nach Knallbunt

Ostern 2020 - Die Sonne strahlt. Die Natur steht in voller Pracht. Ich habe lange geschlafen. Mein Lieblingssender gibt alles, seine Hörer bei guter Laune zu halten. Ich werde die Morgen-News wahrnehmen. Und bald wird mir alles auf den Keks gehen und ich schalte wieder auf eine meiner Playlisten.

Ostermontag 2020 - Draußen ist alles ruhig. Keine Osterspaziergänger, keine lachenden Kinder, keine Wandergruppen, keine Radfahrer, keine Gläubigen auf dem Weg in die nahe Kirche.
Der Verkehrsfunk meldet: Keine Staus und wünscht eine gute Fahrt. Ich muss grinsen und denke: Wer soll da draußen wohl solch einen Stau verursachen? Es ist alles so verrückt.

Ursache und Wirkung. Ganz nüchtern betrachtet nur eine Dialektik. Das Wesen Mensch hat das Privileg zu denken, zum Glück. Und er darf das, was ihn frequentiert hinterfragen. Und er darf auf die Nuancen zwischen den ihm als absolut und wahr suggerierten Dingen aus den vielfältigsten Informationswegen feinfühlig achten.
Schaut genau hin, seid wachsam.

Ostermontag 2020 - ein strahlender sonniger Feiertag. Ich wische die nächtlichen Spuren der sandigen Pfoten meiner "Kätz" vom Schreibtisch, schaue auf meine Staffelei, die Farben und Pinsel.

In mir kommt ein Schrei nach Knallbunt auf. Ganz gleich, was es sein wird. Ich muss in die Farben greifen.

Bunt ist gut und positiv für unseren Geist, für unser Herz, für uns als Wesen Mensch

Reißleine ziehen

Wie immer sind außergewöhnliche politische Situationen Spielfeld für die spitzen Zungen der Satire.
Und selbstverständlich gibt es auch kein Abtauchen für Corona.
So las ich folgendes:
"Sage mal, wie lange bist du schon zu Hause?",
fragt sie ihre Freundin. "Seit 4,5 Kilogramm.", antwortet sie.
Mir lag das Grinsen im Gesicht. Es ist tatsächlich so. Wir bewegen uns zur Zeit viel zu wenig. Ich weiß nicht, wie es Euch ergeht. Aber meine Motivation, irgendwelche alternativen Übungen auf dem Fußboden, dem bereitgestellten Stuhl, oder an der Wand zu machen, neigt sich gegen Null. Mir fehlt dieser gesunde tägliche Stress tatsächlich.

Und ich kann es nicht leugnen. Als ich heute auf die Waage stieg ... Boah! Der kritische Punkt ist erreicht.
Ich muss die Reißleine ziehen. Jetzt und sofort!

Somit beschloss ich, einen Obsttag einzulegen.
Nicht irgendwann, sondern heute.

Auf diese Weise sende ich meinem Geist und Körper ein Signal, dass der Hase ab jetzt anders herum läuft.

Heute Morgen stimmte ich mich darauf ein.

Ich bin mir ganz sicher, das können wir Frauen besonders gut. Ihr wisst, was ich meine?

Genau! Ein ausgiebiges Bad, Haare waschen und, und, und.

Habt auch Ihr derartige "Diskussionen" mit Eurer Waage? Oder vielleicht steigt Ihr dort gar nicht erst drauf?

Nur Zeit gewinnen

Nun bin ich in den Keller getrabt und habe meinen alten Brotback-Automaten hervorgekramt. Zwei Tüten von diesen Brotbackmischungen sind auch noch da.

Ich glotze das Teil an und überlege, wie das war mit den Programmen. In irgendeiner Schublade meines Gehirns ist es noch abgespeichert. Super! Ich muss also nicht die Anleitung studieren.

Alles hinein in den Behälter: Wasser, Mehl, etwas Hefe ... aha, Hefe ... alles gut, ist auch noch da. Ein paar Löffel Saaten. Programm wählen ... Nun, es dauert ein paar Stunden. Aber möge es bitte backen.

Das Lesezeichenbändchen liegt in meinem Kalender noch genau an der Stelle, an dem ich zwangsweise mit meiner Arbeit aufhören musste. An dem Tag, an dem ich um siebzehn Uhr auf meinem Smartphone die E-Mail mit der Order las, sofort alle Aktivitäten zum Schutz der Klienten und zu meinem eigenen Schutz einzustellen. Es war der 16. März 2020, also vor sechs Wochen.

Seitdem durchströmen mich Gefühle aller Facetten.
Ich beobachte das globale Geschehen sehr genau.
Aber das soll nicht Thema des heutigen Blogs sein.
Kommen wir zu diesem Brotbackautomaten zurück.

Warum habe ich das Ding nach so langer Zeit wieder aktiviert? Mit diesem habe ich viele, viele Brote
gebacken. Er knetete und produzierte jahrelang. So
lange, bis mir dieser typische Geschmack zum Hals
heraushing. Das war vor fünf oder sechs Jahren.

Ich kaufte seitdem die Brote wieder beim Bäcker.
Und das war gut so. Irgendwie wurde ich nach eini-
ger Zeit von den freundlichen Bäckereiverkäuferin-
nen willkommen geheißen.
Man schwatzte ein paar Worte, manchmal ein paar
mehr. Ich kannte bald die Geschichten, die hinter
den Frauen stehen. Es war immer ein netter Weg,
noch fix zum Bäcker zu gehen

Seit ein paar Wochen sind die Bäckerstände hinter
durchsichtigen Kunststoffverkleidungen abge-
schirmt. Ein kleines Loch ermöglicht es, Geld entgegenzunehmen und die Tüte mit der Backware zu
reichen. Man muss laut sprechen, damit es die

jungen Frauen, die dahinterstehen verstehen können.

Ich kenne sie nicht. Sie sind neu.

Mechanisch nehmen sie die Bestellung aus dem abgespeckten Sortiment entgegen.

Mich schauen unbeteiligte dunkle Augen an, ummantelt von angeklebten Wimpern, die ihre Augenbrauen kitzeln. Mit langen spitzen zart-rosa Fingernägeln wird die Tüte befüllt und mit flachen Fingerkuppen auf die digitale Kasse getippt. Ich bezahle, erhalte das Rückgeld, bekomme die Tüte und gehe.

Meine nächsten Brote kaufte ich im Supermarkt. Eine logische Konsequenz. Meine Aufträge und damit der größte Teil meines Einkommens sind komplett weggebrochen. Der Bäcker ist nur noch eine Ausgabestelle. Und ich bin nicht bereit, dieses wahrscheinlich bessere, aber teure Brot auf diese Weise an der Theke abzuholen. Es ist die Katze, die sich in den Schwanz beißt. Die Leute werden weniger Geld haben. Der Bäcker will auch überleben und tut ganz sicher sein Bestes dafür.

In der vergangenen Woche war ich wieder im Supermarkt. Es war bis dahin so, dass durch die Abstandsregelung und alle Vorsichtsmaßnahmen das Einkaufsvergnügen auf ein Minimum geschrumpft war. Aber die Kunden und das Personal machten das Beste daraus. Es gab immer noch ein nettes Gespräch, einen sympathischen Zuruf, ein Lächeln hier und da, auch wenn es meistens ein süß-saures war.

Jedoch am letzten Freitag war für mich die Atmosphäre dort erstickend.
Etwa die Hälfte der Kunden und des Personals liefen mit einer ab dem darauffolgenden Montag zur Pflicht erkorenen Gesichtsmaske herum.
Diese Menschen kümmerten sich ausschließlich nur um ihren Einkauf. Sie gingen schweigend durch die Gänge. Es herrschte eine ungewöhnliche Stille in dem Markt. Ich konnte keine Gesichtszüge erkennen. Ich versuchte einige Augenpaare einzufangen. Aber diese schauten keinen Menschen an.
Diese Figuren mit den Masken im Gesicht gingen fokussiert, um die gewünschten Produkte einzusammeln und diese in ihre heiligen vier Wände zu transportieren.

Das Brot ist aufgebraucht. Gestern entnahm ich bereits welches dem Gefrierschrank. Ich müsste heute gehen und welches einkaufen. Aber ich kann nicht. Mir gruselt vor dieser Situation. Alle Menschen im Supermarkt werden so herumlaufen. Und auch ich. Es ist wie ein schlechter Science-Fiction-Film, der vor meinen Augen abspult.
Ich weiß, in den nächsten ein oder zwei Tagen werde ich mir solch ein Stoff ins Gesicht ziehen und wie alle
anderen auch, meine im Haushalt fehlenden Dinge einsammeln. Mein heutiges Tun ist nur, etwas Zeit zu gewinnen.

Eine andere Option: Online einkaufen. - Aber das ist ein anderes Thema.

Der Duft von frisch gebackenem Brot zieht bereits durch die Wohnung.
In etwa zwei Stunden wird es fertig sein ...

Dank

Kein Buch entsteht ohne liebevolle Unterstützung.

Mein Dank richtet sich insbesondere an meine Tochter Isabel, die für alle Fragen ein offenes Ohr hatte, die mit mir den Titel dieser Buchreihe entwickelt hat, für das Lesen der Texte und noch vieles mehr.

Ich danke Willy Holger Wagner für das Lesen, für seine kritischen Bemerkungen und vor allem für die Gestaltung des Covers.

Ein dickes Dankeschön geht an meine liebe Freundin Petra Nickel, die vor ein paar Jahren durch meine Texte zur Leseratte wurde und sehr hilfreich und tief liest. Du hilfst mir tatsächlich sehr mit Deiner Aufmerksamkeit.

Ich danke sehr meinen neuen Erstlesern Evelyn Störk und Dirk „Tilo" Schrader. Ich bin Euch unendlich dankbar und freue mich riesig auf eine weitere gute Zusammenarbeit.

Buchcover

Für die Gestaltung des Buchcovers entschied ich mich für die Abbildung einer meiner Assemblagen aus der Werkgruppe „zerlesen". Es ist die vierte einer Sonderedition.

Diese Assemblagen fertige ich aus alten Büchern, die ihr Leben gelebt haben, aus meiner Sicht nicht mehr lesenswert sind oder von anderen Menschen entsorgt wurden. Insbesondere verarbeite ich künstlerisch die harten Buchdeckel.

Die vielen einzelnen Stücke ineinander verwebt ergeben Festigkeit und Halt. Das soll symbolisch für die ausgewählten und aneinander gefügten Blog.Geschichten stehen. Denn letztendlich ergibt es ein großes Ganzes.

Sie finden die Autorin im weltweiten Netz unter:

www.petra-kolossa.com